ESTE DIARIO PERTENECE A

Nikki J. Maxwell

PRIVADO Y CONFIDENCIAL

SE RECOMPENSARÁ
su devolución en caso de pérdida

¡PROHIBIDO CURIOSEAR! ☹

A mi hija Nikki,
que intentaba con todas sus fuerzas
ser la mejor hormiguita del hormiguero,
cuando en realidad era una bella mariposa.

Este libro es una obra de ficción. Todas las referencias a sucesos históricos y personas o lugares reales están utilizadas de manera fictícia. El resto de los nombres, personajes, lugares y eventos son producto de la imaginación del autor, y cualquier parecido con sucesos y lugares reales, o personas vivas o fallecidas, es totalmente fortuito.

Título original: Dork diaries; Tales from a not so Fabulous Life

Publicado por acuerdo con Aladdin, un sello de Simon & Schuster Children's Division, NY (USA)

© del texto y las ilustraciones, Rachel Renée Russell, 2009
© de la traducción, Esteban Morán, 2010
Diseño: Lisa Vega
Maquetación y diagramación: Aura Digit

© de esta edición, RBA Libros, S.A., 2010
Avda. Diagonal, 189 08018 Barcelona
www.rbalibros.com / rba-libros@rba.es

Primera edición: septiembre, 2010
Decimonovena edición: septiembre, 2013

Ref: MONL016
ISBN: 9788427200418

Rachel Renée Russell

diario de NIKKI

CUANDO NO ERES
LA REINA DE LA FIESTA
PRECISAMENTE

RBA

AGRADECIMIENTOS

Quisiera expresar mi agradecimiento a todos los que han ayudado a hacer realidad mi sueño.

A Lisa Abrams, mi fantástica editora, por toda la ilusión que ha puesto en este proyecto, encariñándose tanto con él como yo misma.

A Lisa Vega, mi superdirectora de arte, por su buen ojo y su paciencia infinita.

A Daniel Lazar de Writers House, mi maravilloso agente que NUNCA duerme. Gracias por ser capaz de captar el potencial de este libro cuando apenas eran cincuenta páginas incoherentes sobre una chica estrafalaria y su hada madrina. Gracias también a mis agentes Maja Nikolie, Cecilia de la Campa y Angharad Kowal de Writers House, por gestionar los derechos de las ediciones internacionales.

A Nikki Russell y Leisl Adams, mis talentudos ayudantes artísticos, que han trabajado duro en este cierre de edición.

A Doris Edwards, mi madre, por estar siempre ahí al pie del cañón y por convencerme de que lo que escribía estaba bien, aunque probablemente no lo estaba.

A mis hijas, Erin y Nikki Russell, por su aliento y su cariño.

A mis jóvenes sobrinas Arianna Robinson, Mikayla Robinson y Sidney James, por ejercer como las críticas literarias más dulces, fabulosas y brutales que cualquier autor jamás hubiera deseado.

SÁBADO, 31 DE AGOSTO

A veces me pregunto si a mi madre se le ha SECADO EL CEREBRO. Y algunos días me da la impresión de que así es.

Como hoy.

La tragedia empezó esta mañana cuando le pedí que me comprara uno de esos nuevos iPhones que son capaces de hacer prácticamente todo. Lo consideraba una necesidad vital, quizá sólo un poco menos importante que el oxígeno.

La mejor manera de deslumbrar a todas las del grupo del GPS (Guapas, Populares y Simpáticas) de mi nuevo instituto, el Westchester Country Day, es colgar un anuncio con mi nuevo móvil superguay.

El año pasado daba la impresión de que yo era la ÚNICA alumna en TODO el instituto que no tenía ☹. Así que me compré uno viejo de segunda mano, muy barato, en eBay.

Era más voluminoso de lo que hubiera deseado, pero teniendo en cuenta el precio de ganga de 12.99 dólares, no podía quejarme.

Puse mi teléfono dentro de mi taquilla y corrí la voz de que ya podía llamarme todo el mundo a mi NUEVO móvil para contarme JUGOSÍSIMOS cotilleos. Contaba los minutos para que mi vida social empezara a dispararse.

Me puse nerviosa de verdad cuando vi que dos chicas del GPS venían por el vestíbulo charlando con sus móviles en dirección al lugar donde yo me encontraba.

←YO

Se acercaron hasta mi taquilla y fueron muy simpáticas conmigo. Me invitaron a sentarme con ellas durante el almuerzo y yo estaba por hacerme de rogar, en plan "Mmm... Bueno, vale". Pero por dentro estaba saltando de alegría y bailando la danza de la felicidad de Snoopy.

Entonces las cosas tomaron un cariz sorprendente. Dijeron que habían oído hablar de mi nuevo móvil de 600 dólares firmado por un diseñador famoso y que todo el mundo (o sea, el resto del grupo GPS) estaba deseando verlo.

Yo quise explicar que refiriéndome a mi móvil había dicho que era un chollazo que había encontrado por fortuna, no que hubiera costado una fortuna. Pero no tuve ocasión, porque por desgracia mi nuevo teléfono comenzó a sonar, anormalmente alto. Intenté hacer como que no lo oía, pero

las dos chicas del GPS estaban esperando a que contestara a la llamada.

Yo no quería contestar, porque sabía que se iban a llevar un chasco cuando vieran mi teléfono.

Así que permanecí allí de pie, rezando para que enmudeciera, pero seguía sonando sin parar. Enseguida todo el mundo en el vestíbulo me estaba mirando.

Al fin, me rendí. Abrí mi taquilla y contesté al teléfono. Más que nada, por parar aquel sonido ODIOSO.

Lo hice en plan "¿Hola? Mmm... Lo siento, se ha equivocado".

Y cuando me di la vuelta, vi que las dos chicas del GPS se alejaban mientras me decían "¡Vale, adiós!". Adiviné que ya no querían que me sentara a almorzar con ellas, cosa que de veras me fastidió.

La principal lección que aprendí el año pasado era que el hecho de tener un CASCAJO de móvil o no tener NINGUNO puede ARRUINARTE por completo la vida social. Mientras que numerosas celebridades OLVIDAN con bastante frecuencia ponerse bragas para asistir a las fiestas, jamás pillarías a una sola de ellas sin su móvil. Por esta razón yo no paraba de dar la tabarra a mi madre para que me comprarse un iPhone.

He intentado ahorrar dinero para comprármelo yo misma, pero ha resultado imposible. Sobre todo, ¡porque soy una ADICTA TOTAL al dibujo artístico! ¡Necesito dibujar todos los días o me da un JAMACUCO!

Me gasto TODO mi dinero en blocs, lápices, rotuladores y demás material. ¡Estoy tan pelada que no me llega ni para un batido en McDonalds!

Así que cuando mamá llegó del centro comercial con un "regalo especial de vuelta al instituto", yo estaba segura de saber de qué se trataba.

Ella empezó a irse por las ramas con que si asistir al nuevo instituto privado iba a suponer para mí un "periodo apasionante de formidable crecimiento personal" y que mi mejor "mecanismo de enfrentamiento" iba a consistir en "comunicar" mis "ideas y sentimientos".

Yo me encontraba al borde del ÉXTASIS porque para comunicarme la herramienta no podía ser otra que

¡UN TELÉFONO MÓVIL NUEVO! ¿Verdad? ☺

Me perdí la mayor parte de lo que mi madre iba

diciendo, porque estaba SOÑANDO DESPIERTA con
todos los tonos de
llamada, música y
películas que iba a
descargarme. ¡Iba
a ser un AMOR A
PRIMERA VISTA!

Pero cuando al fin
terminó su pequeño discurso,
sonrió y me abrazó. Y luego me
dio UN LIBRO.

Lo abrí y pasé las páginas
frenéticamente, como si dentro
pudiera estar escondido mi
nuevo teléfono móvil.

Tenía sentido, porque la publicidad decía que era el
modelo de móvil más delgado del mercado.

Poco a poco me fui dando cuenta de que mi madre no me había comprado un teléfono, y que el dichoso regalo no era más que un librito estúpido. ☹

Digamos que fue una gran DESILUSIÓN.

Entonces me di cuenta de que todas las páginas estaban EN BLANCO.

Era una sensación irreal. Aquello no podía ser cierto.

Mi madre me había regalado dos cosas: un DIARIO y la evidencia irrefutable de que, en efecto,

¡TIENE ELECTRO-ENCEFALOGRAMA PLANO!

Ya nadie escribe sus más íntimos sentimientos y sus secretos más profundos y oscuros en un diario. ¿PARA QUÉ?

Que sólo una o dos personas estuvieran al tanto de tus asuntos podría resultar fatal para tu reputación.

...
¡¡¡Se supone que todo ese jugoso material lo publicas en tu BLOG, para que MILLONES de personas puedan leerlo!!!

✫ Bienvenidos a mi
☆ BLOG! ☆
♡ ¡CONFESIONES DE ÚLTIMA HORA!
♡ ¡COTILLEOS FRESCOS!
♡ ¡SECRETOS OSCUROS!

¡Sólo a un PERFECTO PELMAZO le daría por ESCRIBIR un DIARIO!

Este es el PEOR regalo que me han hecho en mi vida. Es que me gustaría gritar con todas mis fuerzas:

"¡¡Mamá, no necesito para nada un libro CUTRE con 288 páginas EN BLANCO!!"

Lo que NECESITO es ser capaz de "comunicar" mis "ideas y sentimientos" a mis amigos usando mi propio teléfono móvil.

¡Un momento! ¡Qué tonta! Se me había olvidado que no tengo amigos. TODAVÍA. Pero eso puede cambiar en cualquier momento y tengo que estar preparada. Con un nuevo y flamante teléfono móvil.

Hasta entonces, no volveré a escribir en este diario.

¡NUNCA! ¡JAMÁS!

De acuerdo. Ya sé que dije que no volvería a escribir nunca en este diario. Esa era la idea. Y es que no soy en absoluto de ese tipo de chica que se lo monta con un diario y una caja de bombones Godiva, para escribir una sarta de chorradas sobre mi novio soñado, mi primer beso, o mi tremenda ANGUSTIA ante el TERRIBLE descubrimiento de que soy una PRINCESA de un pequeño país de habla francesa y ahora valgo MILLONES.

¡ASÍ NO SOY YO!

Pedicura

Ropa fashion

Belleza

Piel perfecta

Inteligencia

Pelo sedoso

Costumbre coqueta de enrollarte un mechón de pelo que vuelve locos a los chicos

Manicura

Bombones (de tu novio que te adora)

Cuerpo perfecto

Diario interesantísimo

Tiara princesil

¡MI VIDA ES UN ASCO TOTAL!

He vagado durante todo el día como una zombi con brillo de labios. Ni una sola persona se ha molestado en decirme ni "hola".

¡ASÍ SOY YO!

¡LA MAYOR PARTE DEL TIEMPO

ME SIENTO INVISIBLE!

¿Y cómo se supone que voy a integrarme en un instituto privado y pijo como Westchester Country Day? ¡Si hasta tienen un Starbucks en la cafetería!

¡Ojalá mi padre no hubiera conseguido un contrato para desinsectar este colegio!

¡Pueden coger su birriosa y patética beca y dársela a quien la quiera y la necesite, que a mí no me hace ninguna falta!

Estoy a punto de volverme loca, porque es más de medianoche y todavía no he terminado los deberes. Se trata de un trabajo de Literatura, estamos leyendo _Sueño de una noche de verano_, de Shakespeare. Me ha sorprendido, porque no sabía que también hubiera escrito libros para jóvenes.

La historia va de un duende travieso llamado Puck, que intenta separar a una pareja de guapo y guapa, en un bosque encantado.

Entonces un tipo con cabeza de burro irrumpe en una gran fiesta de hadas y liga con su reina... ¡Mira tú qué Bien!

Nuestros deberes consisten en contestar a tres preguntas sobre PUCK:

1. ¿Considerarías que Puck es el protagonista de la obra? ¿Por qué sí o por qué no?

2. ¿De qué manera la personalidad y las acciones de Puck afectan a la atmósfera de la obra?

3. Utiliza tu imaginación y haz una descripción física detallada o un dibujo de Puck.

Las dos primeras preguntas no eran demasiado difíciles y no me llevó mucho tiempo contestarlas. Sin embargo, la tercera pregunta me dejó descolocada.

No tenía la menor idea del aspecto que podía tener Puck.

Pero intenté imaginármelo con unas preciosas orejas terminadas en punta y tan guapo como:

NICK JONAS ➚

CORBIN BLEU   JUSTIN TIMBERLAKE

También me moría por saber si tener un nombre tan chungo como Puck había ECHADO A PERDER del todo su vida.

Apuesto a que los chicos más populares de su instituto le llamarían cosas como "Punk", "Schmuck", "Pus" y cosas peores.

¡POBRE PUCK ☹!

Intenté visitar un website educativo que se llama wikinosécuántos de donde todo el mundo piratea el retrato de Puck.

Pero no me acordaba bien de su nombre y me encontraba demasiada matada para ponerme a buscarlo con Google.

Entonces tuve un susto de muerte cuando oí llamar a la puerta de mi habitación a esas horas de la noche. Supuse que era mi hermanita de seis años, Brianna.

Hace una semana, se le cayó uno de sus dientes delanteros y lo enterró en el patio, para ver si crecía. Siempre tiene ocurrencias estrafalarias como ésa.

Mamá dice que es porque todavía es una niña pequeña. Pero yo creo que es porque tiene el coeficiente intelectual de una caja de lapiceros.

Para gastarle una broma, le dije a Brianna que el ratoncito Pérez iba recogiendo los dientes de los niños de todo el mundo y luego los pegaba con superglue para hacer dentaduras para ancianos.

Le expliqué que iba a tener un PROBLEMA GORDO con el tal Pérez, al ver que había enterrado el diente en el patio.

Lo más gracioso es que Brianna me creyó POR COMPLETO. Se cargó la mitad de las flores del jardín de mamá, intentando encontrar su diente.

Desde entonces, está paranoica ante la idea de que el ratoncito vaya por la noche a su habitación y le extraiga TODOS sus dientes para fabricar dentaduras.

El precio de mi broma fue que ahora Brianna SE NIEGA a usar el cuarto de baño por la noche, a menos que yo mire primero para asegurarme de que el ratoncito Pérez no está escondido detrás de la cortina de la ducha o debajo de las toallas de baño.

Y si no me doy prisa, Brianna puede tener un pequeño "accidente" justo encima de la alfombra de mi habitación.

PE-PERO ¿Y SI EL RATONCITO PÉREZ ESTÁ ESCONDIDO AHÍ DETRÁS?... ¡UPPPS!

MI HERMANA PEQUEÑA, BRIANNA

¡ACCIDENTE! ☹

Por desgracia, tuve que aprender por el camino duro que (a diferencia de lo que dice el anuncio de la tele) el limpiador de moquetas NO elimina todos los olores.

Por suerte para mí, no era Brianna la que estaba en la puerta, sino mis padres.

PAPÁ

MAMÁ ↓

Antes de que les pudiera decir "Adelante", se colaron dentro como hacen siempre, cosa que me saca de quicio, ¡porque se supone que es MI habitación! Y como ciudadana norteamericana, tengo un derecho constitucional a la PRIVACIDAD, que ellos nunca tienen en cuenta.

La próxima vez que mis padres y Brianna invadan mi habitación voy a gritarles bien alto:

"Pero no os quedéis ahí. ¿Por qué no pasáis dentro todos?"

En fin, mis padres dijeron que estaban sorprendidos de ver que todavía estaba haciendo los deberes y querían saber cómo me iban las cosas en el colegio.

Fue bastante extraño, porque justo en el instante en que iba a responder me desmoroné del todo y estallé en lágrimas.

Mis padres se quedaron a cuadros, mirándome con asombro y luego el uno al otro. Al fin mamá me abrazó y dijo "¡Mi pobre pequeñina!", cosa que me hizo sentir todavía PEOR.

No encajar en el colegio ya era malo. ¡Pero encima había que aguantar la humillación de tener catorce años y que aún te llamaran "mi pobre pequeñina"! De pronto, la cara de mi padre pareció iluminarse.

"¡Oye, tengo una idea! Sabemos que has estado sometida a un montón de estrés últimamente con eso de la mudanza y el cambio de colegio. Creo que si ponemos notas adhesivas con frases alegres por toda la casa, eso te podría subir la moral. ¿No te parece?"

Mi contestación fue "Muy bien, papá. ¡Me parece una idea ESTÚPIDA! Como si poner notitas pegajosas con cursiladas fuera a cambiar la realidad de que soy

una MINDUNDI en el instituto. ¿Quieres saber qué más pienso? ¡Ese artículo que decía que los productos insecticidas también matan las células cerebrales seguramente es cierto!
Claro que sólo lo dije en el interior de mi cabeza y nadie más que yo pudo oírlo.

Mis padres se quedaron mirándome y yo estaba empezando a sentirme aterrada. Por fin, después de lo que me pareció una eternidad, mi madre sonrió y dijo: "Cariño, tan sólo recuerda que te queremos. Y si nos necesitas, sabes que estaremos siempre contigo".

Regresaron a su habitación y durante algunos minutos pude escuchar sus voces amortiguadas. Supuse que estarían discutiendo si me enviaban a una institución mental inmediatamente o esperaban hasta primera hora de la mañana.

Puesto que era demasiado tarde, decidí acabar mi trabajo sobre Puck en el colegio durante el tiempo de estudio.
Me pregunto si también será obligatorio hacer los deberes en una clínica psiquiátrica.

El último número de la revista *That's So Hot* dice que el secreto de la felicidad está en la fórmula ADLM:

Amigos, Diversión, Ligues y Moda

Pero por desgracia lo más parecido a "amigos, diversión, ligues y moda" que he tenido nunca es el hecho de que mi taquilla esté al lado de la de Mackenzie Hollister.

Es la chica MÁS popular del instituto.

¡Qué suerte tengo! ☹

A duras penas había conseguido abrirme paso por los pasillos, donde es fácil morir pisoteada, hasta llegar a mi taquilla.

Entonces, de pronto, como por arte de magia, toda la masa de estudiantes se dividió dejando un pasillo por el centro exactamente igual que el Mar Rojo.

Y entonces fue cuando vi por primera vez a Mackenzie

desfilando por el pasillo toda encantada consigo misma, como salida de una pasarela de la moda de París o algo así.

Tenía el pelo rubio y los ojos azules, e iba vestida como si acabara de terminar una sesión fotográfica para la portada de *Teen Vogue*.

Y todo el mundo (excepto yo) cayó subyugado al instante bajo su poderoso hechizo hipnótico, que les dejaba totalmente rendidos ante ella.

"¿Cómo te va, Mackenzie?"

"¡Qué guapa estás, Mackenzie!"

"¿Vendrás a mi fiesta este fin de semana, Mackenzie?"

"¡Me encantan tus zapatos, Mackenzie!"

"¿Te quieres casar conmigo, Mackenzie?"

"¿A que no sabes QUIÉN está loco por ti, Mackenzie?"

"¿Ese bolso también es de diseño, Mackenzie?"

"¡Qué peinado tan guapo llevas, Mackenzie!"

"¡Es que me sacaba un ojo con un lápiz y me lo comía con chopped y mostaza en un sándwich si te sentaras a comer a mi lado, Mackenzie!"

Lo cual demuestra mi teoría de que SIEMPRE hay al menos un PIRADO ido de la olla en CADA UNO de los institutos norteamericanos de enseñanza media.

Todo era "¡Mackenzie!", "¡Mackenzie!", "¡Mackenzie!". Cuando se acercó hasta su taquilla, justo al lado de la mía, supe al instante que aquel curso iba a ser MUY malo.

Tener tan cerca el aura de su imponente y nauseabunda perfección me hacía sentir todavía peor. ¡Y no ayudaba nada el hecho de que ella invadía con todo el morro mi espacio personal 🙁!!

Oye, y no es que sintiera celos de ella, ni nada por el estilo. ¡ESO sí que sería una chiquillada de adolescentes!

Entre clase y clase, Mackenzie y sus amigas siempre

se plantan justo delante de MI taquilla a chismorrear, hacer risitas estúpidas y darse brillo en los labios.

O sea, a:

COTILLEAR, PETARDEAR Y DAR LA NOTA

Y cuando reúno valor para decir "Lo siento, pero tengo que abrir mi taquilla", ella me ignora o hace girar sus ojos y dice chorradas como ¿molestamos? o "¿Qué tripa se le ha roto ahora?"

Y mi contestación es "¿Sabes, monina? ¡No se me ha roto ninguna tripa!"

Pero sólo lo digo mentalmente, de manera que nadie puede oírlo excepto yo misma.

¡Sin embargo, mucho me temo que en lo más profundo, a una pequeña parte de mí —una parte muy primitiva y oscura— le ENCANTARÍA ser la mejor amiga de Mackenzie!

Y encuentro esa parte de mí misma tan repugnante que hasta podría VOMITAR.

Para hablar de algo más divertido, diré que yo también utilizo brillo de labios.

Mi favorito es el Locobesórico-Fresaplast-Destello.

Tiene un delicioso sabor a tarta de queso con fresa.

Lo malo es que ningún tío macizo (como Brandon Roberts, el chico que se sienta delante de mí en clase de Biología) se ha enamorado de mí perdidamente gracias al hechizo irresistible de mi brillo de labios, tal y como aseguraban los anuncios del FRESAPLAST en la tele.

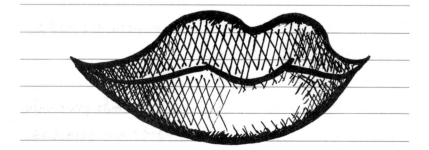

Pero, oye, quién sabe. ¡Podría suceder!

Mientras tanto, he decidido disfrutar de mi estado de soltería.

¡Ah! ¡Casi lo olvido! He quedado con papá para que me recoja después de clase para llevarme al dentista.

POR FAVOR, POR FAVOR, POR FAVOR... que no traiga la furgoneta del trabajo con esa cucaracha de plástico de cinco metros de largo en el techo.

¡Me MORIRÍA si alguien se entera de que sólo estoy en este colegio gracias al contrato de desinsectación!

Mackenzie y sus amigas pijas van a acabar con mis nervios. Siempre están haciendo comentarios despectivos sobre el aspecto de cualquier chica que pasa a tres metros de ellas. Me pregunto quiénes se creen que son.

¿¡LA POLICÍA DE LA MODA!?

¡HOLA, CIELO! ¡QUEDAS ARRESTADA POR DESACATO A LAS LEYES DE LA MODA!

Hoy, en menos de un minuto, mientras se aplicaba brillo de labios, Mackenzie soltó todas estas lindezas:

"¿No hace falta un permiso especial para ser tan fea?"

"Ese conjunto es perfecto para que lo done a una organización benéfica. De hecho, sería una obra de caridad consigo misma".

"¡Oh, cielos! El otro día compré un jersey exactamente igual que el que lleva esa chica. Para mi perro, claro".

"¡Qué PESTAZO! Se supone que sólo tiene que echarse un poco de perfume con el pulverizador, no ponerse toda ella a macerar.

"Tiene TANTO acné que utiliza una marca especial de maquillaje. Se llama No Importa".

"¿Eso es su nuevo peinado? Da la impresión de que un pequeño mamífero ha anidado en su cabeza, ha tenido crías y luego se ha muerto".

"¡Y se cree que ESTÁ buena! ¡Si es la prueba viviente de que a una cagarruta le pueden salir patas y echar a andar!"

Y es que llamar a Mackenzie "chica mala" sería subestimarla. Es ¡MALVADA! ¡Es una especie de PERRO DE PRESA con pestañas pintadas y movimiento de pelo porqueyolovalgo!

Ya sé por qué no encajo bien en este colegio. Necesito nuevo vestuario de diseño, comprado en una de esas tiendas caras para adolescentes que hay en el centro comercial.

Ya sabes, esas tiendas en las que las dependientas visten como Hanna Montana y llevan mechas rubias, un piercing en el ombligo y regalan sonrisas sintéticas.

Pero lo que de verdad ME SACA DE QUICIO es esa costumbre que tienen de descorrer de golpe las cortinas del probador y asomar la cabeza cuando estás MEDIO DESNUDA. Dan ganas de arrancarles todas esas mechas amarillas.

Y cuando te estás mirando en el espejo y sabes que ese conjunto te queda FATAL. Bueno, pues las dependientas entonces te ponen una sonrisa encantadora, se vuelven simpáticas y aduladoras, y TE MIENTEN CON DESCARO diciendo que el conjunto (1) te queda totalmente fabuloso, (2) realza los tonos naturales de tu piel y (3) hace juego con el color de tus ojos.

¡Te lo dicen AUNQUE te estés probando una de esas enormes y pesadas bolsas verdes de basura!

¡OH! ¡ESO TE QUEDA FORMIDABLE!

YO (PROBÁNDOME UNA BOLSA DE BASURA)

Y también odio ese tipo de ropa que llaman "SUPEREXCLUSIVA".

Es cuando un mismo modelo le sienta TOTALMENTE diferente a dos chicas que son muy parecidas. Cuanto más popular eres en el colegio, MEJOR te sienta. Y cuanto más impopular seas, PEOR te queda. ¡No puedo explicarme cómo un modelo superexclusivo puede saber todas tus intimidades y circunstancias personales, pero el hecho es que las sabe!

¡POR QUÉ ODIO LAS MODAS SUPEREXCLUSIVAS!

MODELO SUPEREXCLUSIVO CHACHI EN EL ESCAPARATE DEL CENTRO COMERCIAL

CHICA POPULAR

CHICA IMPOPULAR

El fenómeno de la ROPA SUPEREXCLUSIVA es algo verdaderamente alucinante. Menos mal que el gobierno va a aprobar un presupuesto para que los científicos lo estudien, junto con la misteriosa desaparición de los calcetines en las secadoras. Pero hasta entonces lo mejor es andarse con

CIEN OJOS antes de comprar. ☹!

En cualquier caso, en cuanto mi madre me compre nuevo vestuario de diseño, me pienso plantar delante de Mackenzie y su pequeña corte de amiguitas para decirles cuatro cosas.

Pero antes de decir nada, me pienso poner en jarras y hacer ese giro de cuello a lo Tyra Banks, simplemente para que se vayan haciendo una idea de por dónde me las paso.

Tyra dice que cada chica debe encontrar su propia belleza interior en lo más profundo de sí misma y no hacer caso de los comentarios VENENOSOS. ¡Ella sí que es una chica dulce y un maravilloso modelo a imitar!

Aunque tengo que admitir que en *America's Next Top Model* da un poco de miedo.

Sobre todo cuando dice a sus competidoras todas esas cosas como "¡Vosotras, asquerosas GORDAS GUARRONAS! ¡No tenéis futuro en la profesión de modelo! ¡No tenéis idea de todo lo que hay que pasar y cuánto hay que sufrir! ¡Y borra esa SONRISITA de tu cara antes de que te la borre yo de una bofetada, so #@¡%¿!"

Entonces llora de manera histérica y hace estallar globitos de chicle de menta Tic Tac.

¡Me encanta esa chica!

He decidido que le voy a decir a la cara a Mackenzie (puede que lo haga el último día de colegio) que sólo porque ella y sus amiguitas sean unas

ESCLAVAS DE LA MODA,

NO tienen derecho a decir cosas desagradables del resto de la gente.

"Gente" como las chicas con madres que les compran la ropa en tiendas no exclusivas.

Chicas, como... Bueno, COMO YO.

De acuerdo. Ya se sabe que la ropa de los grandes almacenes NO es tan chachi como la de las boutiques del centro comercial.

Y claro que es muy molesto (y hasta desmoralizador) tener

que pasar por los departamentos de "señoras MAYORES", "señoras GORDAS" y "señoras EMBARAZADAS" antes de llegar al de "ADOLESCENTES"...

¡No tiene nada de particular que las chicas prefieran esas preciosas boutiques para adolescentes del centro comercial!

EN BUSCA DEL DEPARTAMENTO DE ROPA PARA ADOLESCENTES

Mi madre dice que no importa la procedencia de tu ropa tanto como el que esté limpia. ¿Verdad?

¡FALSO!

Ojalá me dieran un dólar por cada vez que he escuchado a Mackenzie graznar "¡Oh, cielos! ¿¡DÓNDE compran esas chicas PATÉTICAS esa ropa tan ESPANTOSA!? ¡Preferiría venir al colegio con el culo al aire antes que comprar mi ropa en una tienda donde también venden SEGADORAS DE CÉSPED!

Para ser sincera, no sabía que en los almacenes donde compro mi ropa vendieran también segadoras de césped. Pero si lo hacen, pues mejor para ellos.

No es que mi ropa huela como una segadora de césped ni nada parecido. Al menos yo no lo he notado.

La próxima vez que vaya de compras, voy a oler la ropa antes de comprar nada, sólo por si acaso.

Y para que nadie me reconozca, voy a llevar sombrero, peluca, gafas de sol y un bigote postizo.

¡Papá y mamá me van a volver LOCA! Durante las últimas 72 horas me han puesto por la casa 139 notas adhesivas de todos los colores del arco iris, con frases positivas estúpidas como:

"Procura ser TU mejor amiga.
Invítate a dormir a casa".

Lástima que nunca pude leer la nota que introdujeron en la ranura de la tostadora, porque se incendió cuando intenté prepararme una tostada con mermelada de fresa para desayunar.

Tuve que vaciar mi vaso de zumo de naranja por encima de la nota para poder extraerla.

Y después de eso, la tostadora empezó a fundirse con un chisporroteo eléctrico, mientras hacía un ruido desagradable parecido a

¡¡KGGRRGGGHHHFFFSSSHHH!!

Me parece que vamos a tener que comprar una nueva.

Pero lo que era para ponerte los pelos de punta es que la casa entera podía haber ardido. Y todo porque a mis padres les dio por dejar una nota adhesiva dentro de la ranura de la tostadora.

Ya sé que papá y mamá tienen buenas intenciones, pero a veces son un verdadero

¡ESTORBO!

Me aterroriza que el fin de semana se esté acabando y tener que volver mañana al colegio. Ha pasado una semana entera y todavía no he hecho ni un solo amigo. Noto una sensación de... soledad APLASTANTE... asentada en el interior de mi estómago, como si fuera un SAPO enorme, gordo y tóxico.

ASÍ SOY YO, ABRUMADA POR UN ENORME SAPO DE SOLEDAD, GORDO Y VENENOSO.

Me estoy planteando seriamente pedir a mis padres que me dejen regresar al centro de la ciudad y quedarme a vivir allí con la abuela, de manera que pueda volver a mi antiguo colegio.

Tampoco es que fuera un colegio perfecto. Pero daría

cualquier cosa por volver a estar con mis amigos de la clase de arte. ¡Cómo los echo de menos! ☹!

Mi abuela vive en uno de esos edificios de apartamentos para personas mayores que "conservan el espíritu joven y están decididas a llevar una vida plenamente activa". Y está a la última en nuevas tendencias y TODO tipo de moderneces.

También está un poco pirada (la verdad es que está MUY PIRADA) y totalmente enganchada al concurso de la tele *El precio justo*.

El año pasado la abuela se compró un ordenador a través de Home Shopping Network para que le ayudara a entrenarse como concursante de *El precio justo*.

Ahora se pasa la mayor parte de su tiempo libre delante de la pantalla, tratando de memorizar los precios recomendados en las principales cadenas de tiendas de alimentación.

Piensa utilizar toda su investigación y estrategias del juego para escribir un manual titulado *El precio justo para principiantes*.

La abuela dice que su libro podría tener un éxito mayor que *Harry Potter*.

MI ABUELA

No se me había ocurrido que para un concurso de la tele pudieran hacer falta capacidades especiales, pero ella me dijo que tienes que entrenarte más que si fueras a jugar el mundial.

Tomó unos sorbos de su bebida isotónica, me miró con la cara muy seria y me dijo en voz baja: "Mira, cariño. Cuando la vida te presenta un reto, puedes actuar como una GALLINA o reaccionar como una CAMPEONA. ¡TÚ eliges!"

Y, toda marchosa ella, empezó a cantar en voz alta "Dancing queen", a lo Abba.

Yo pensaba "¡GENIAL! ¡La abuela está totalmente IDA! ¿Es que no ve que te puedes quedar atascada en la vida con algunas cosas y sin capacidad para reaccionar.

Pero tengo que reconocer que ha alcanzado verdadera maestría con *El precio justo*. ¡Las pocas ocasiones en que la he visto jugar en paralelo con el concurso de la tele siempre ha acertado todos los precios! Resulta alucinante, porque habría ganado 549.321 dólares en metálico y varios premios como tres coches, un barco, un viaje para dos personas a las cataratas del Niágara y suministro vitalicio de pañales para adulto.

La abracé fuerte y dije: "Abuela, tienes un nivel verdaderamente galáctico en *El precio justo*, pero deberías probar a salir de casa más a menudo".

La abuela sonrió y dijo que su vida es más divertida desde que asiste a clases de baile hip-hop en el gimnasio para mayores. Y claro, su profesor Krump Daddy, es pura "droga".

Entonces me preguntó si quería ver su "super giro".

¡La verdad es que la abuela, para tener setenta y seis años, se encuentra en una forma increíble! ¡Está bastante PIRADA, pero se hace querer!

Esta mañana los pasillos del colegio aparecieron empapelados con carteles de colores alegres anunciando "Actos Aleatorios de Arte de Vanguardia", el certamen artístico anual del colegio.

Estoy SUPERilusionada, porque ¡hay un primer premio de 500 dólares en metálico para cada curso! ¡Guau! ¡QUÉ PASADA!
Tendría bastante para comprarme un teléfono móvil y un modelazo en el centro comercial... ¡Y material de dibujo!

Pero lo más importante de ganar ese premio es que, prácticamente de la noche a la mañana, podría pasar de ser una artista incomprendida y socialmente rechazada, a convertirme en una diva mimada y aclamada por todos.

¡Quién iba a pensar que mis capacidades artísticas iban a introducirme en el exclusivo club de las chicas GPS!

Así que bajé a la secretaría del colegio para conseguir un formulario de inscripción y quedé sorprendida al ver que ya había cola para apuntarse.

¡Y adivina quién estaba allí para recoger un formulario!

¡¡MacKenzie ☹!!

Como de costumbre, cotorreaba sin parar: "Como voy a ser modelo/diseñadora de moda/estrella del pop, ya tengo una carpeta con siete fantásticas fotos para mi línea de moda VESTI2, que también pienso lucir en mi apoteósica gira mundial como telonera de Miley Cyrus, quien por supuesto caerá a mis pies seducida por MIS diseños y me hará un pedido por importe de un millón de dólares. Luego me matricularé en alguna universidad de prestigio como Harvard o Yale, o quizá en el Instituto de Cosmetología y Moda de Westchester que, por cierto, pertenece a mi tía Clarissa".

Tengo que admitir que quedé ATERRADA al saber que tenía que competir contra Mackenzie.

Se me quedó mirando fijamente con sus gélidos ojos azules y yo ya sentía escalofríos y el estómago revuelto.

Entonces, de pronto, tuve un momento de súbita inspiración y comprendí POR COMPLETO lo que mi abuela había querido decir cuando dijo:

> "Puedes actuar como una GALLINA
> o reaccionar como una CAMPEONA.
> ¡TÚ eliges!"

Así que reuní todo mi valor y determinación, tomé aliento y me encontré con coraje para decidir cuál de las dos opciones iba a elegir:

¡¡SER UNA GRAN GALLINAZA!!

Cuando la secretaria de la oficina me preguntó si quería un formulario para inscribirme en el certamen, me quedé helada y empecé a balbucear como una gallina:

¡De-de-quie-que-u-que!

Entonces Mackenzie se rió porque yo me atrevía a concursar, como si fuera lo más ridículo que hubiera oído nunca.

Y entonces fue cuando por el rabillo del ojo vi las hojas amarillas para apuntarse como ayudante voluntario de biblioteca, también conocidos como AVBs. Todos los días durante el tiempo de estudio obligatorio algunos de los alumnos tienen permiso para ir a la biblioteca del colegio, a colocar libros en las estanterías. La vida de un AVB es tan apasionante como contemplar la pintura secarse.

¡Así que en vez de luchar por mi sueño de ganar un certamen artístico, me he apuntado a guardar ABURRIDOS y POLVORIENTOS libros en las estanterías!

MI FUTURO MISERABLE COMO AYUDANTE DE BIBLIOTECA

"¡SI VEO UN LIBRO MÁS, VOY A VOMITAR!"

¡Y TODO por culpa de Mackenzie! ☹

Cuando me presenté en la biblioteca durante el tiempo de estudio, la bibliotecaria, Mrs. Peach, me enseñó la sala. Me dijo que iba a trabajar con otras dos chicas que también se habían apuntado la última semana.

¿Pero quién en su sano juicio se presentaría voluntario para colocar libros en las estanterías como ACTIVIDAD EXTRAESCOLAR?

Al menos yo tenía una buena justificación.

Lo hice en un momento de ofuscación bajo la mirada heladora de Mackenzie, que me había congelado las células cerebrales, ralentizado mi corazón y bloqueado mi cuerpo por completo, de modo que no fui capaz de apuntarme al certamen.

MARTES, 10 DE SEPTIEMBRE

Hoy he pasado por una situación horrorosa durante la clase de francés. Cuando fui a sacar el libro de la mochila, se cayó al suelo mi spray corporal perfumado, de marca Carre4.

Por desgracia el pequeño cabezal blanco se desprendió con el impacto y el spray estuvo pulverizando sin parar hasta que se vació del todo.

El profesor, Mr. Como-Se-Diga (no puedo pronunciar su apellido, porque suena parecido a un estornudo) empezó a gritar cosas en francés que a mí me sonaron fatal, como si fueran palabrotas.

Entonces hizo salir de la clase a todos los alumnos, porque todo el mundo se había puesto a toser, medio asfixiados y les lagrimeaban los ojos.

Mientras nos encontrábamos en el pasillo esperando a que el olor se disipara, me preguntó en inglés de forma muy grosera (eso SÍ soy capaz de comprenderlo) si es que estaba intentando MATARLE.

¡Vale! Para empezar, es cierto que no me gusta demasiado la clase de francés. En segundo lugar, ¡SÓLO había sido un accidente!
Quiero decir que no es que mi perfume EN REALIDAD vaya a matarlo. Vamos, no creo.

Pero... ¿Y si resulta que SÍ? ¿Y si el profesor de francés se derrumba en la sala de profesores, mientras se está comiendo un perrito caliente con maíz, y la palma asfixiado por el desodorante?

¿Y si resulta que pasan tres días y nadie percibe el olor a cadáver? ¡Al fin y al cabo, los comedores de

OLOR A MUERTO

los colegios apestan normalmente a carne podrida!

La policía emprendería una investigación y yo sería la principal sospechosa.

Los expertos de CSI llevarían a cabo análisis científicos de los pelos de la nariz de mi profesor de francés, y encontrarían trazas del susodicho producto.

Entonces se iban a enterar de que yo era culpable de haberlo rociado con una dosis letal de mi spray corporal.

¿Y qué pasaría si los del CSI EN SECRETO me adjudican a MOI todas las evidencias físicas?

(Por cierto, resulta que MOI es "MÍ" en francés.)

Iba a terminar mi primer año de instituto en la CÁRCEL, cosa que me MOLESTA bastante!

¡Y luego iba a estar totalmente jorobada, porque iba a perderme mis clases de conducir y mi promoción al grado superior!

¡Tienen que creerme!
¡Soy inocente!

No tengo nada que esconder.
¡Puede registrar mi habitación!

¡Oh, cielos! ¡UN CADÁVER!
¿Cómo ha llegado hasta aquí?

Ahora que lo pienso, Mr. Como-Se-Diga le tiene ENCHUFE a Mackenzie, porque a ella se le dan muy bien los idiomas y sabe pronunciar ese estúpido apellido suyo que suena como un estornudo.

Seguro que si se le hubiera caído a ella el bote de spray corporal y se hubiera desprendido el cabezal del pulverizador, NO le habría gritado de esa manera, ni la habría acusado de intentar matarle.

Eso es porque Mackenzie es

...

¡¡¡MISS PERFECTA!!!

¡Y seguro que va a ser ella quien GANE el certamen de arte de vanguardia!

Y luego, seguro que no lo hará a mala idea, probablemente consultará unos 189 libros de la biblioteca del colegio y los devolverá todos al día siguiente.

Y, por supuesto, seré YO la tonta que se coma el marrón de colocar otra vez cada uno de los libros en su sitio en las estanterías, puesto que ¡yo soy la ESTÚPIDA ayudante de biblioteca!

Mi vida resulta tan PATÉTICA y triste que desearía

¡GRITAR! ☹!!

Hoy estaba todo el mundo nerviosísimo en la cafetería, porque Mackenzie andaba repartiendo invitaciones para su gran fiesta de cumpleaños. Por la manera en que Lisa Wang y Sarah Grossman lloraban y se abrazaban la una a la otra, se podría pensar que habían conseguido pasar a la final de *Gran Hermano* o algo así. ¡Era peor que DESAGRADABLE!

¡Las FALSAS amigas de Mackenzie derraman FALSAS lágrimas, se dedican FALSAS sonrisas y se dan FALSOS abrazos!

LISA WANG

SARAH GROSSMAN

Me recordaban a las mellizas Olsen. Por mi vida que nunca podré comprender por qué ese par se estaban abrazando la una a la otra. Son la única pareja que sin ser hermanas gemelas da la impresión de que estén unidas por la cadera.

Durante el resto del día, todos a los que Mackenzie iba invitando a su fiesta le daban más coba que si fuera a subirles el sueldo. Excepto **Brandon Roberts.**

Al entregarle la invitación, ella intentó coquetear con él enrollándose el pelo con su dedo y poniéndole una gran sonrisa. Incluso dejó caer su bolso al suelo "accidentalmente" para que él se precipitara a recogerlo, tal y como Tyra dice que hay que hacer cuando quieres hacer que un chico se fije en ti.

Pero Brandon tan sólo se quedó mirando la invitación, la puso dentro de su mochila y siguió andando como si nada.

Y eso sí que tuvo que dejarla bien cortada.

Entonces, antes de que pudiera recoger del suelo su bolso de 300 dólares, un pelotón de corredores pasó por encima pisoteándolo. Personalmente, me parece que le quedaban mejor las huellas sucias que el monótono diseño de flores.

¡¡¡El caso es que Brandon es TAN GUAPOOOOO!!!

Tengo la impresión de que parece ser del tipo "rebelde silencioso".

Es reportero y fotógrafo del periódico del colegio y ha ganado varios premios de periodismo fotográfico.

En una ocasión se sentó en la misma mesa que yo durante el almuerzo, pero no creo que se diese cuenta de que le estaba mirando.

Probablemente, debido a que su pelo espeso y ondulado le cae TODO EL TIEMPO por delante de los ojos y le impide ver bien.

Y cuando hoy en clase de Biología me preguntó si podía hacerme una foto diseccionando una rana para el periódico del colegio, ¡casi me MUERO!

Temblaba tanto que prácticamente no podía sujetar el escalpelo.

Y ahora cada detalle de su rostro perfecto ha quedado grabado de manera permanente en mi corazón.

¿SERÁ QUE ME ESTOY ENAMORANDO POR PRIMERA VEZ?

ANATOMÍA DE MI CORAZÓN ROTO
Por Nikki Maxwell

En mis sueños te veo
con tu camisa blanca favorita,
sentado delante de mí
en la cafetería.
Nunca he visto a nadie
comer patatas fritas
con tanta elegancia.

Te veo en clase de Biología,
haciendo fotos para el periódico
del colegio, cuando susurras en las
profundidades de mi alma
"Mantén la rana en ese ángulo".

Porque sólo tú puedes
hacer que la fotografía
de una rana diseccionada
pueda parecer tan vibrante.
¡Tan viva! (Aunque muerta).

Duele sentirte de esta manera,
saber que nunca me conocerás.
Desear que mis dedos se hundan
en tu pelo oscuro, ondulado,
mientras me doy cuenta de que
el apestoso olor del formol
y la mirada sin brillo de una rana muerta
¡siempre ME recordarán a NOSOTROS!

Durante la clase de gimnasia, hasta las pelotalérgicas andaban cotorreando sobre la fiesta de Mackenzie. Como si alguna de ellas hubiera sido invitada.

Las pelotalérgicas son ese tipo de chicas remilgadas que forman grupitos y se ponen a dar grititos histéricos cuando alguna pelota cae cerca de ellas.

Les da igual que sea una pelota de baloncesto, fútbol, balonmano, béisbol, tenis, rugby, voleibol, ping-pong, bolitas de alcanfor o incluso una albóndiga. En este sentido NO son demasiado selectivas.

LAS CHICAS PELOTALÉRGICAS JUEGAN AL VÓLEIBOL

¡CHUCU-CHUCU!
BLA-BLA-BLA

¡BLA-BLA-BLA!
¡CHU! CHUCU-CHU

¡AY!
¡SOCORRO!

¡OH, CIELOS!
¡UY!

CHLOE y ZOEY

Espantada de CHLOE y ZOEY

PROFESORA
DE →
GIMNASIA

¡Nuestro equipo ha perdido! ☹!

¡NO! Es que el grupito de las pelotalérgicas siempre tiene que jorobarlo todo y hacer que el equipo pierda.

La verdad es que es un fastidio tener que cargar con chicas como Chloe y Zoey en el equipo. Sobre todo si ODIAS con todas tus fuerzas tener que ducharte después de gimnasia (sólo de pensar en las duchas del colegio me dan náuseas).

Será culpa de ellas si pillo alguna enfermedad incurable debido al moho viscoso y a los hongos que se crían en esas duchas ASQUEROSAS.

POR QUÉ ODIO DUCHARME EN LA CLASE DE GIMNASIA

Esta soy yo ANTES de ducharme, un poco sudorosa, pero limpia y fresca.

Esta soy yo DESPUÉS de la ducha, cubierta de moho, mugrecilla y mal olor.

Me sorprendió cuando Chloe y Zoey se me acercaron después de la clase de gimnasia y empezaron a hablar conmigo. Por supuesto yo actué como si NO estuviera molesta con ellas, por tener que ducharme como consecuencia de su espantada al llegarles el balón.

Por lo visto, nuestra bibliotecaria, Mrs. Peach, les había dicho que yo iba a trabajar con ellas en la biblioteca y estaban emocionadísimas con el asunto.

¿QUÉ tiene de emocionante colocar libros en las estanterías de la biblioteca?

Pero les seguí la corriente y fingí estar tan ilusionada como ellas.

Mi actitud era la de "¡Oh, cielos! ¡No me puedo creer que vayamos a colocar libros las tres juntas! ¿No es ESTUPENDO?"

Acabamos comiendo juntas el almuerzo en la mesa 9 y fue la mar de agradable NO tener que comer sola.

El nombre completo de Chloe es Chloe Cristina García y su familia posee una empresa de software. Resulta sorprendente el hecho de que ha leído prácticamente TODAS las últimas novelas que se han publicado.

Dice que vive "en diferido", a través de las alegrías y desengaños de los personajes, y que aprende un montón de cosas sobre la vida, el amor, los chicos y los besos, que piensa poner en práctica próximamente.

Dice que tiene 983 libros y que la mayoría de ellos los ha leído dos veces.
Y yo ponía cara de gran admiración, en plan "¡Uao!"

Zoey se llama Zoeysha Ebony Franklin, su madre es abogada y su padre es ejecutivo de una compañía discográfica. Gracias a eso, ella ha conocido a casi TODAS las grandes estrellas del pop.

Zoey dice que le gusta leer cosas de autoayuda, y ahora anda buscando maneras de "ampliar" su relación con las tres "figuras maternas" de su vida. Tiene una madre, una abuela que ayudó a criarla, y una madrastra.

Simpaticé con ella de veras, porque sé por experiencia que tener UNA "figura materna" en tu vida puede ser muy traumático y psicológicamente perjudicial.

¡Imagina lo que es tener TRES! ¡Cielos!

Entonces Zoey dijo: "¿Cómo puedes soportar tener tu taquilla junto a la de Mackenzie? ¡Si es tan ESTÚPIDA que se pasa la barra de labios por la frente para maquillarse el cerebro! Y ser tan poco profundo te puede producir problemas multifacéticos de autoestima".

No me podía creer que Zoey hubiera dicho eso. Yo pensaba que todo el mundo en este colegio idolatraba a Mackenzie.

Nos reímos con tanta fuerza que me atraganté y hasta me salieron miguitas de zanahoria masticada por la nariz.

Las tres mostrábamos nuestro entusiasmo con exclamaciones en plan ¡UAO! y ¡QUÉ CHACHI!

Y entonces Chloe bromeó por lo bajo: "¡Hey! ¡Mocos con sabor a zanahoria! ¡Vamos a dárselos a Mackenzie, para que los utilice como aderezo bajo en carbohidratos para su ensalada de soja! En la serie Clique, las protagonistas siempre están haciendo jugadas así a sus enemigos".

Nos reímos tan alto del chiste de Chloe que los chicos que estaban sentados en las mesas 6 y 8 miraron hacia nosotras.

Incluso me pareció que Mackenzie miraba en nuestra dirección. Pero enseguida apartó la vista, no fuéramos a cometer el gran error de pensar que había reparado en nuestra existencia. Seguro que se estaba muriendo de ganas de saber qué pasaba.

Así que me estoy planteando perdonar a Chloe y Zoey por la gran FAENA de la ducha en clase de gimnasia. ¡Al fin y al cabo, el de hoy ha sido un buen día!

☺ !!

¡Estaba más que HARTA y ASQUEADA de oír hablar de Mackenzie y su ESTÚPIDA fiestecita! Pero como en clase de Geometría me siento justo detrás de ella, no iba a tener más remedio que aguantar toda su tontería. Estaba haciendo todo lo posible por ignorarla, cuando se volvió, me sonrió e lhizo algo todavía más SORPRENDENTE!

¡ME entregó una flamante invitación de color rosa con un lazo blanco de seda!

Yo tragué saliva y casi me caí de la silla.

Por dentro, yo estaba diciendo

¡AHÍ VA! ¡ATIZA! ¡CÁSPITA! ¡CIELOS!

Era la cosa más bonita que había visto nunca, aparte quizá del nuevo iPhone que quiero comprarme.

¿Quién iba a pensar que recibiría una invitación para LA fiesta del año?

Entonces se me ocurrió que podía tratarse de una BROMA pesada.

Miré a mi alrededor en busca de una cámara oculta, casi esperando que Ashton Kutcher (no puedo creer que esté casado con alguien mayor que mi madre) saliera de improviso del ropero gritando

¡Has picado! ¡Has picado!

Entonces me di cuenta de que la mayoría de las otras chicas me estaban mirando con cara de incredulidad y envidia.

Resultó bastante estúpido, porque de pronto me di cuenta de que el tejido de mi sudadera favorita hacía muchas pelotillas.

Aquello me hizo volver a la realidad, y me empecé a quitar algunas de las pelotillas.

Jamás pillarías a ninguna de las amigas de Mackenzie con una sudadera que no fuera comprada en una de las boutiques pijas del centro comercial y que hiciera pelotillas. Así que mentalmente me hice una anotación:

¡QUEMAR EL ROPERO!

Deportivas muy usadas

Camiseta de deportes

Sudadera con pelotillas no comprada en tienda pija del centro comercial

Regalo de cumpleaños de la abuela

Pantalón vaquero ancho y con el culo caído

El resto de mi vestuario bochornoso

Bufanda tejida por mi tía

Cinturón

Camiseta sin mangas muy holgada

Calcetín sucio de gimnasia

Zuecos pasados de moda

Mackenzie todavía me estaba sonriendo como si yo fuera su "mejor-amiga-favorita" o algo así.

"¡Eh, guapa! Quería saber si podrías..."

Estaba TAN emocionada que la interrumpí antes de que pudiera acabar.

"¡Mackenzie, pues CLARO que sí!", le dije. "¡Gracias por invitarme, cielo!"

De acuerdo. La llamé "cielo", y eso que siempre me ha parecido una palabra que sonaba supercursi.

Y sí, estaba totalmente ATONTADA y tan FELIZ como Vanessa Anne Hudgens al enterarse de que NO la iban a echar de *High School Musical 3*.

Prácticamente me encontraba en estado de shock. ¡Casi no podía creer que fuera a asistir a la fiesta de Mackenzie! Por fin iba a tener amigos realmente guays y vida social. Y quizá hasta un piercing en el ombligo, y un novio.

Estaba empezando a creer que lo que decía la revista *That's So Hot* era cierto. Tal vez la verdadera clave de la felicidad era Amigos, Diversión, Ligues y Moda.

YO, levitando en el aire entre los rayos de sol y el arco iris, estrellitas parpadeantes y nubecitas de algodón dulce de color rosa, abrazando alborozada contra mi pecho la invitación a la fiesta de Mackenzie.

Mi manos temblaban al soltar el lacito y rasgar el sobre para abrirlo.

De pronto, los ojos de Mackenzie se convirtieron en rendijas y puso un gesto como si yo fuese algo que hubiera ensuciado la suela de su zapato.

"¡¡IDIOTA!", bufó. "¿Qué estás haciendo?"

"¿A-a-abriendo mi invitación?", tartamudeé.

Estaba empezando a tener un mal presentimiento respecto a todo este asunto de la fiesta.

"¡Como si fuera a invitarte!", dijo con tono despectivo, mientras echaba hacia atrás sus mechas rubias y batía sus largas pestañas en señal de repugnancia. "¿No eres tú esa chica nueva que siempre está merodeando cerca de mi taquilla como una especie de acosador asqueroso?"

"Bueno, sí... ¡Digo NO! Lo que pasa es que mi taquilla está al lado de la tuya", musité.

"¿Ah, sí?", dijo mirándome de abajo a arriba como si estuviera mintiendo o algo así. No podía creer que estuviese actuando como si no me conociera. ¡Mi taquilla "sólo" ha estado al lado de la suya desde SIEMPRE!

"¡Claro que SÍ!", dije.

Entonces Mackenzie sacó su brillo de labios Locobesórico y se puso como tres capas extra gruesas. Y después de estar mirándose lo menos dos minutos en su espejito (se queda en ÉXTASIS cuando se trata de su persona) lo cerró de golpe y me miró.

"¡Antes de que me interrumpieras de forma tan GROSERA, sólo te estaba preguntando si podías PASAR mi invitación a JESSICA! ¿Cómo iba a pensar que te lanzarías a abrir el sobre como un gorila salvaje?", escupió Mackenzie.

Todos los de la clase se habían vuelto y estaban mirándome.

¡No podía creer lo que estaba oyendo! ¿Cómo podía

atreverse esa chica a llamarme SALVAJE?

"Vale. Pues me he EQUIVOCADO", dije intentando sonar
amable y no dar importancia al asunto, mientras intentaba
contener las lágrimas. "Esto...
¿Quién es Jessica?".

De pronto sentí que alguien
me tocaba la espalda.

Me volví para ver la cara
de la chica que ocupaba
el pupitre siguiente al mío.

Tenía una larga melena rubia
y llevaba brillo de labios rosa,
jersey rosa, minifalda rosa y
una banda en la cabeza con
falsos diamantes de color rosa.

Si la hubiese visto en
Toys "R" Us, habría pensado
que se trataba de una nueva
muñeca de moda.

PRECIOSA
JESSICA
GRUÑONA

ESTOY
MUY
ENFADADA

↑ MUÑECA JESSICA
MUY ENFADADA

"Yo soy Jessica", me dijo mientras me miraba haciendo girar los ojos. "¿Cómo se te ha ocurrido abrir MI invitación?"

Desesperada, yo intentaba atar de nuevo el lacito de seda de la invitación, cuando ella me arrebató el sobre tan bruscamente que casi me corté con el papel.

¡Me sentía por completo como una PRINGADA TOTAL! Para empeorar las cosas, me di cuenta de que algunos chicos a mi alrededor se estaban riendo por lo bajo.

¡Aquel FUE el momento más VERGONZOSO de toda mi insignificante y PATÉTICA vida!

Y estaba segura de que, en cosa de minutos, iban a circular por TODO el colegio mensajes de texto conmigo como protagonista del chismorreo.

Me sentí aliviada cuando la profesora de Matemáticas, Mrs. Sprague, entró por fin en la clase.

Se pasó casi toda la hora en la pizarra, repasando las fórmulas del volumen del cono, el cilindro y la esfera para el próximo examen.

CÓMO CALCULAR EL VOLUMEN

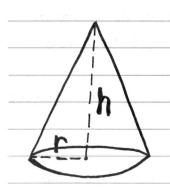

EL VOLUMEN DE UN CILINDRO
EQUIVALE AL RESULTADO DE
MULTIPLICAR EL ÁREA DE LA BASE
POR LA ALTURA $= \pi r^2 h$

EL VOLUMEN DE UNA ESFERA $= 4/3 \pi r^3$

EL VOLUMEN DE UN CONO
ES IGUAL AL RESULTADO
DE MULTIPLICAR UN TERCIO
DEL ÁREA DE LA BASE
POR LA ALTURA $= 1/3 \pi r^2 h$

Pero yo me encontraba demasiado alterada para
concentrarme en las fórmulas matemáticas y NO
escuchaba en absoluto. Me limité a permanecer allí
sentada, contemplando por detrás la cabeza de
Mackenzie y deseando que me tragara la tierra.

Creo que estaba afectada de verdad, porque una
lágrima resbaló por mi mejilla y fue a caer sobre mi
cuaderno de geometría.

La limpié, antes de que nadie pudiera verla, con la manga de mi canguro que soltaba pelotillas y había sido comprado en las rebajas de los grandes almacenes.

Y aunque me encontraba absolutamente deprimida por el NUMERITO de la invitación, en realidad tampoco estaba tan enfadada con Mackenzie.

¡SI ES QUE SOY UNA FRACASADA! ¡Si fuera a dar una fiesta, yo TAMPOCO me invitaría a mí misma!

¡He pasado la semana más horrorosa de mi vida! ¿Que por qué?

Pues porque Mackenzie se ha dedicado a DESTROZAR mi vida.

1º.- ARRUINÓ mis posibilidades en el certamen artístico.

2º.- Me DESPRECIÓ al no invitarme a su fiesta.

3º.- Me RIDICULIZÓ al llamarme salvaje.

4º.- Me HUMILLÓ EN PÚBLICO al darme una invitación a su fiesta y luego desinvitarme.

5º.- Intentó ROBARME el gran amor de mi vida, Brandon Roberts, al pretender ligar con él y rizarse el pelo con el dedo.

Pensé pasarme el fin de semana ENTERO en pijama, sentada en la cama toda MELANCÓLICA, CONTEMPLANDO la pared.

Y eso, cosa extraña,
siempre me hace sentirme
mucho mejor.

Yo, toda
melancólica

¡Pero mis planes se vieron
FRUSTRADOS por completo!

Alrededor del mediodía, mamá entró en tromba en
la habitación y alegremente me anunció que íbamos a
tener una barbacoa familiar.

Dijo, "Cariño, vístete rápido, sal al patio y
¡PÁSATELO BIEN!"

Era evidente que yo no me encontraba demasiado en forma como
para "pasármelo bien" y lo único que quería era estar sola.

Y no me gusta salir al patio, porque he visto alguna araña hermosísima rondando por allí.

Y es que tengo un problema con las arañas: me aterrorizan.

Además el médico me ha diagnosticado una alergia muy intensa a todos los bichos que chupan la sangre humana, como arañas, mosquitos, sanguijuelas y vampiros.

El lema de mi vida es "¡No te FÍES de los chupadores de sangre!".

En fin, cuando salí al patio allí estaba papá, todo equipado con su gorro de cocinero y el delantal que le regalamos por el Día del Padre.

Tenía escrita la frase "¡Papá es el mejor cocinero del mundo!", pero con los lavados las letras se habían ido difuminando y ahora resultaban prácticamente ilegibles.

La historia de cómo le hicimos aquel regalo es un poco embarazosa. Mamá nos llevó a Brianna y a mí a la tienda y nos dio 30 pavos para que le compráramos a papá un buen regalo por el Día del Padre.

Sin embargo, después de que Brianna se comprara una muñeca bronceada y con tatuajes por 9,99 dólares y yo el último CD de Miley Cyrus por 14 dólares, sólo nos quedaban 6,01 dólares para el regalo de papá. No era un gran presupuesto.

Por suerte, en una liquidación encontré aquellos horrorosos gorros de cocinero con delantales de color rosa a juego, por sólo 3,87 dólares.

Había para elegir entre "¡Besa al cocinero!", "¡Si mamá no es feliz, nadie es feliz!", "¡El PODER de los Detroit Pistons!" y "¡Papá es el mejor cocinero del mundo!", todos con letras naranjas superchillonas.

Y como el regalo nos había salido tan barato, todavía

nos quedaban 2,14 dólares para comprar un tarjetón de felicitación por el Día del Padre.

Pero convencí a Brianna de que papá preferiría que le regalásemos una tarjeta de artesanía que ELLA podría hacer con COSTE CERO utilizando una hoja de cuaderno, lápices y purpurina.

Ella estuvo totalmente de acuerdo y yo me gasté el poco dinero que nos quedaba en palomitas de maíz y un batido de fresa y mango extra grande. Estaban ricos, considerando que hacía mucho calor y que a esas horas estaba muerta de hambre.

Deberíamos estarle agradecidas a papá porque aquella horterada de regalo le gustase tanto.

Dijo: "Este es el MEJOR regalo del Día del Padre que me han hecho nunca". Y se le pusieron los ojos llorosos de la emoción.

Lo cual tampoco es decir mucho, porque Brianna y yo nos superamos todos los años a la hora de elegir regalos CUTRES por el Día del Padre.

Y eso que siempre nos las arreglamos para pillar para nosotras algún regalo guapo. De hecho, el Día del Padre es ahora nuestra celebración favorita, después de nuestros cumpleaños y Navidad.

En fin, papá estaba encantado asando carne en la parrilla, mientras silbaba canciones pasadas de moda.

Entonces, de improviso, surgió un serio problema, no tanto con su manera de silbar sino más bien relacionado con la parrilla.

Seguramente podríamos llamarlo un problema muy mosqueante. Cuando me envió corriendo a casa para buscar el insecticida, tuve un MAL presentimiento.

Le pregunté si estaba seguro. Y él contestó "No estoy dispuesto a compartir mis chuletones de 20 dólares con esas moscas fastidiosas". Y ÉSE fue su gran error, porque los insectos no eran simples "moscas fastidiosas".

LA BARBACOA FAMILIAR
(UNA HISTORIA EN VIÑETAS)

FIN

85

Cualquiera diría que un exterminador de insectos profesional reconoce una mosca sólo con verla.

Por desgracia para papá, se había topado con un nido de AVISPAS FURIOSAS!

En fin, nuestra comida al aire libre terminó de manera desastrosa.

Para que papá se sintiera mejor, todas le dijimos que estaba muy guapo con su gorro de cocinero y el delantal, a pesar de que se había puesto hecho un asco al caerse encima de los cubos de basura de la vecina de al lado cuando le perseguían las avispas.

¡POBRE PAPÁ! ☹!!

La parte positiva es que así pude subir de vuelta a mi habitación para pasar unas cuantas horas más de melancolía intensa. ¡YUJU!

Hoy teníamos el examen de matemáticas con el cálculo de volúmenes y yo estaba muy nerviosa. Más que nada, porque las matemáticas no se me dan muy bien.

La última vez que saqué una nota decente en esta materia fue allá por primer grado. Incluso entonces hice mal casi la mitad de los problemas.

Sucedió que me senté justo delante de Andrea Snarkowski, la chica más inteligente de todo el primer curso. Estábamos haciendo un ejercicio de sumas, cuando "accidentalmente" vi que la respuesta de Andrea a uno de los problemas era diferente de la mía. Así que en el último momento decidí tachar con una X mi contestación y poner lo mismo que ella.

Fue una decisión afortunada, porque saqué un sobresaliente en el examen. La profesora estaba tan contenta con mi mejora espectacular —normalmente siempre sacaba un "deficiente"— que me concedió una insignia con una estrella dorada. Tan sólo cerebros privilegiados como el de Andrea Snarkowski consiguen esta distinción.

Como me había convertido en una brillante estudiante de matemáticas, también me nombraron Mejor Alumna del Mes y mi foto apareció en el periódico de nuestra comunidad.

NIKKI MAXWELL

Esta soy yo en primer curso, con mi sobresaliente en matemáticas conseguido con una pequeña ayudita de Andrea Snarkowski

ALUMNA DEL MES

¡Papá y mamá estaban tan orgullosos de mí!

Hicieron 127 fotocopias del periódico con la noticia y se la enviaron a todos y cada uno de nuestros parientes en todos los rincones del país.

Puedo imaginarme su felicidad y alborozo cuando abrieron sus respectivas cartas:

← MI PRIMO TERCERO BILLY-BOB

"¡Ethel, llama a la policía!
¡Hemos recibido
otra carta de algún
psicópata!"

Bueno, puede ser que algunos de nuestros parientes no me reconocieran inmediatamente.

Pero si lo hubieran hecho, seguro que habrían estado la mar de orgullosos.

En fin, mi examen de geometría con cálculo de volumen de poliedros fue verdaderamente difícil.

Sé que tenía que haberlo preparado más. Pero como me pasé todo el fin de semana en estado melancólico, eso redujo considerablemente mi tiempo de estudio.

Me pasé todo el examen rezando como loca.

A veces, incluso en voz alta:

"¡POR FAVOR, POR FAVOR, AYÚDAME A APROBAR ESTE EXAMEN! SIENTO HABERME DORMIDO HASTA TARDE EL DOMINGO PASADO, DE VERAS QUE NO VOLVERÁ A SUCEDER. ¿ME PODRÍAS DECIR DE PASO SI LA FÓRMULA PARA EL CILINDRO ES $\pi r^2 h$ O $\pi h r^2$? ¿Y SI PARA CALCULAR EL VOLUMEN DE LA ESFERA SE MULTIPLICA...?"

Creo que algunos de los que estaban sentados cerca me oyeron y todo.

¡Me sentí aliviada DEMASIADO DEPRISA al terminar el examen!

Porque cuando estaba guardando mis cosas en la mochila para ir a la siguiente clase, no pude dejar de ver con el rabillo del ojo cómo Mackenzie me estaba mirando de forma aviesa.

Luego se dirigió a Jessica y dijo: "Hoy termina el plazo de inscripción para el certamen de arte de vanguardia y tengo que ir a entregar mi formulario en Secretaría. Nos vemos junto a mi taquilla. ¿Vale, guapa?"

Y entonces Jessica me miró y dijo en voz bien alta: "Mac, tengo la CERTEZA de que vas a ganar el primer premio. ¡Tus diseños de moda son TAN SUPERCHIRIPITIFLÁUTICOS!

NO podía creer que Jessica dijera aquello, porque "superchiripitifláutico" está de lo más obsoleto.

Pero lo que de verdad me dejó alucinando fue que Mackenzie se sonriera con aire suficiente como diciendo "Nikki, todo el colegio sabe que eres demasiado GALLINA para participar en el certamen, porque soy mejor artista que tú. ¡Así que ni te atrevas!"

Vale. Aunque en realidad Mackenzie no DIJESE aquello, me miró como si lo estuviera PENSANDO.

¡Y en cualquier caso se trataba de una gravísima AFRENTA a mi prestigio.

Entonces se echó la melena hacia atrás y salió de la clase contoneándose. ¡Como odio ver pavonearse a Mackenzie!

Sobre todo porque para empezar fue culpa SUYA el que yo NO me inscribiera en el certamen.

¡Toda esta situación me resulta IRRITANTE!

De pronto, me salió del alma y grité con toda la fuerza de

mis pulmones: "¡Ha sido Mackenzie la que HA EMPEZADO esta GUERRA y YO voy a encargarme de TERMINARLA!"

Pero lo dije sólo mentalmente, de manera que nadie más pudo escucharlo.

Entonces me hice a mí misma una promesa solemne:

¡¡¡YO, NIKKI MAXWELL, en plenas facultades físicas y mentales, declaro oficialmente que voy a participar en el CERTAMEN DE ARTE DE VANGUARDIA!!!

Le iba a enseñar de una vez por todas a Mackenzie que yo tenía capacidades artísticas como para alucinar. De hecho MIS capacidades eran MUCHO MÁS ALUCINANTES que las SUYAS.

Así que recogí mis cosas y bajé directamente a las oficinas de Secretaría para formalizar mi inscripción.

Y en efecto, Mackenzie todavía andaba por allí, poniéndose la decimocuarta capa de brillo de labios y presumiendo sin parar de sus ilustraciones de moda.

"... y todo el mundo piensa que mis diseños originales son de lo más CHAAACHI, así que voy a hacerme RICA y FAMOSA y a mudarme a vivir a HOLLYWOOD y bla, bla, bla, bla, bla, bla..."

Yo estaba pensando tranquilamente en mis cosas, detrás de una planta muy tupida que había a la entrada de la oficina, cuando por fin Mackenzie se marchó.

NO es que yo la estuviese espiando ni nada por el estilo.

Es sólo que no quería atraer la atención de la gente sobre mi persona, ni quería que Mackenzie fuera a pensar que para mí era toda una proeza el hecho de participar en el certamen.

Aunque, la verdad, ¡ERA toda una proeza!

Era LO más importante que JAMÁS había intentado en los catorce años que llevaba viviendo sobre el planeta Tierra.

Entré corriendo en las oficinas y a toda prisa rellené el formulario.

Cuando se lo entregué a la secretaria sentí en mi estómago una oleada de náuseas, nervios y pánico, todo mezclado en un revoltillo como si fueran restos de comida en la trituradora de basura.

Salí las oficinas y me estampé contra la pared.

Mi corazón latía tan fuerte que podía escucharlo en mis oídos. Empecé a preguntarme si todo aquello no estaba siendo un gran error.

Entonces, de improviso, tuve la sensación escalofriante de que alguien me estaba espiando, a pesar de que los pasillos parecían estar desiertos.

De pronto se movió una hoja de la misma planta que había utilizado para esconderme y ¡pude ver aquel

OJO que me miraba! Luego, dos ojos. De un color azul gélido.

¡Era Mackenzie (SÍ, Mackenzie en persona) que me estaba espiando escondida detrás de la planta de grandes hojas que había junto a la puerta de las oficinas!

PARECÍA ESTAR DICIENDO: ¡AJAJÁ, TE PILLÉ!

Finalmente, Mackenzie salió de detrás de la planta y se plantó en la fuente, como si estuviera sedienta o algo así. Pero a mí me pareció evidente que intentaba utilizar la TORTURA del AGUA para OBLIGARME a cambiar de idea respecto a participar en el certamen.

YO

Agua

MacKenzie

TAP TAP TAP

"¡UY! ¡PERDONA!"

Mackenzie simuló que se disculpaba inocentemente, como si me hubiera salpicado con el chorro de agua de manera accidental. Pero pude ver en sus ojos pequeños y brillantes que lo había hecho con toda intención.

¡Todavía no me acabo de creer que la haya sorprendido espiándome!

Lo que de alguna manera me ha IRRITADO bastante, porque yo no me dedico a seguirla a todas partes, ni a

ESPIAR sus movimientos, ni a meter las narices en sus cola caos (o sea, a husmear en sus asuntos).

Bueno, al menos no todo el tiempo.

Lo de hoy ha sido algo DEL TODO excepcional, más que nada porque las dos coincidimos cuando fuimos a inscribirnos en el certamen.

Pero ¿¡cómo puede haber caído tan bajo como para espiarme!?

¡ESA CHICA ES COMO UN GRANO EN EL CULO!

(SÍ, HE DICHO CULO ¿QUÉ PASA?)

MARTES, 17 DE SEPTIEMBRE

¡No me puedo creer que esté escribiendo esto mientras estoy escondida en el almacenillo del conserje! Ya sé que esto está guarrísimo y que huele igual que una vieja fregona húmeda y mohosa, pero es que no se me ha ocurrido otro sitio donde meterme.

¡CÓMO ODIO, ODIO, ODIO, ODIO, ODIO, ODIO, ODIO, ODIO, ODIO, ODIO, ODIO, ODIO, ODIO, ESTE ESTÚPIDO COLEGIO!

Hoy durante el almuerzo iba con mi bandeja intentando llegar a la mesa 9, donde se suponía que iba a encontrarme con Chloe y Zoey. Las cosas marchaban bien, porque me las había apañado para pasar con sigilo la mesa de los deportista sin que los del equipo de fútbol imitaran el ruido de los pedos con sus sobacos.

La verdad es que al pasar cerca de la mesa de MacKenzie iba bastante distraída. Ella y Jessica TODAVÍA me la guardan por lo de la invitación a la fiesta y por lo del certamen, porque esto es lo que ocurrió:

Tropecé y, de pronto, todo parecía moverse a cámara lenta. La bandeja con mi almuerzo salió volando por encima de mi cabeza y escuché una voz muy familiar gritando:

"¡Noooooooo!"

Y descubrí con HORROR que era MI propia voz.

¡CATACRASH!

Caí en plancha sobre el suelo y me quedé tan aturdida que respiraba con dificultad. Toda mi cara y la parte delantera de mi ropa quedaron cubiertas de espagueti y postre de cerezas flambeadas al licor con sirope y helado de vainilla. Parecía una versión viviente de uno de esos cuadros que pinta Brianna con los dedos pringosos.

En un primer momento, me limité a cerrar los ojos y quedarme allí en el suelo como una ballena varada. Me dolía todo el cuerpo. Incluso el pelo me dolía. Pero lo peor de todo es que TODA la cafetería se estaba riendo a carcajadas.

Pasé tanta vergüenza que quería me TRAGARA la tierra. Apenas podía ver, porque me había entrado postre de cereza en los ojos y todo lo veía muy borroso y de color rojo.

Al fin, reuní energías para ponerme a gatas.

Pero cada vez que me intentaba incorporar, resbalaba sobre la mezcla de espagueti y helado cremoso y volvía a caerme.

Tengo que admitir que probablemente resultaba de lo más cómico verme luchar de ese modo por mantener el equilibrio sobre los restos de mi almuerzo.

Y si no me hubiera sucedido a MÍ, seguramente me estaría partiendo de risa junto a alguien más..

Entonces Mackenzie se cruzó de brazos, me miró y gritó :

"¡EH, NIKKI! ¡TEN CUIDADO NO VAYAS A TROPEZAR!"

Y ese comentario tan agudo hizo que todo el mundo se riera más todavía.

Probablemente era lo MÁS CRUEL que Mackenzie podía haber dicho, ya que ella era culpable en parte de que yo hubiese "tropezado".

Me sentía tan humillada que empecé a llorar.

Lo bueno fue que con las lágrimas se me quitó de los ojos toda la porquería y pude ver otra vez con normalidad.

Lo malo fue que vi a aquel chico que sostenía una cámara a dos palmos de mi cara.

Sólo UNA persona en todo el colegio tiene una cámara como ésa.

¡En una fracción de segundo supe exactamente cuál iba a ser la PORTADA del próximo número del periódico del colegio ☹!

Y desde luego que NO iba a enviar aquella noticia a ninguno de mis parientes.

Me parecía evidente que, de alguna manera, Mackenzie había conseguido hechizar por completo a Brandon con sus atractivos irresistibles y lo había abducido al LADO OSCURO.

¡Y luego le había LAVADO EL CEREBRO!

¡Cómo podía mi PRÍNCIPE SOÑADO —el amor secreto de mi vida— hacerme una faena tan HORRIBLE y MALVADA!

Me sentía como si me hubieran apuñalado en el corazón con mi pluma favorita de la suerte —ésa de color rosa tan bonita y brillante, con plumeros, cuentas y lentejuelas en un extremo— y me hubieran dejado abandonada agonizando. Allí tirada sobre el suelo de la cafetería, con todo el mundo contemplándolo. Y riéndose. ¡Nada menos que mi amado BRANDON!

¡Entonces sucedió lo más inesperado!

Brandon me sonrió, quitó su cámara de en medio, tomó mi mano y me ayudó a levantarme.

"¿Estás bien?"

Yo traté de decir "Sí", pero apenas me salió un sonido gutural. Era como si me estuviera ahogando. Tragué y luego aspiré aire.

"Sí, gracias. Ayer también cené espagueti, ¡pero no estaban así de resbaladizos!"

Me sentí avergonzada. No podía creer que hubiera dicho semejante ESTUPIDEZ.

Entonces contemplé, toda alucinada y a cámara lenta

cómo Brandon me ofrecía una servilleta de papel.
Casi me sentí morir allí mismo, cuando nuestros dedos
se TOCARON accidentalmente...

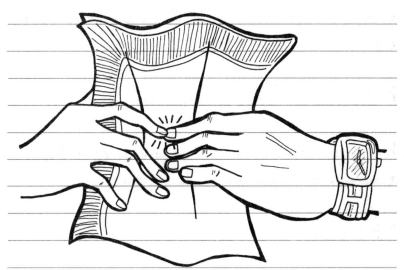

... en un contacto muy leve, tierno y salvaje como el
de una ardilla lamiendo el dulce néctar de una de esas
delicadas florecillas color púrpura del jardín de mamá,
a las que papá, por error, echó herbicida. Nuestros
ojos quedaron inmóviles y durante un breve instante
fue como si cada uno estuviera profundizando en la
sima brumosa del alma herida del otro. SIEMPRE
recordaré las palabras que él susurró entonces en mi
oreja trémula:

"Mmm... Me parece que tienes... algo en la cara".

Me ruboricé y empecé a sentir flojera en las piernas.

"Será mi almuerzo..."

"Sí, claro..."

Por desgracia, nuestra conversación trascendente e intensamente emotiva fue interrumpida sin contemplaciones por el vigilante del comedor, Mr. Snodgrass, aunque todo el mundo le llama Mr. Moco y cosas peores.

Se puso a limpiar el suelo sucio, mientras me dirigía un sermón sobre mi responsabilidad, como joven adulta, de procurar que la comida no se me caiga de la bandeja. Brandon hizo girar sus ojos en dirección a Mr. Snodgrass y luego me sonrió de nuevo.

"Te veo luego en Biología".

"Vale... "¡Y gracias! Lo digo por la servilleta".

"De nada. ¡Ya ves!"

"En mi casa usamos servilletas iguales que ésta. Mamá las compra en el super..."

"Ah, sí. Bueno. Hasta luego".

"Vale. Te veo en Biología".

Entonces Brandon recogió su mochila y se marchó de la cafetería.

Yo suspiré con la servilleta apretada sobre mi corazón.

A pesar de todo lo ocurrido, de pronto me sentía MUY feliz y como ingrávida.

Pero esa sensación duró apenas diez segundos, porque eso es lo que tardé en percibir la presencia de Mackenzie.

Estaba tan enfadada que su cara parecía toda estirada y deforme.

MACKENZIE

¡La verdad es que DABA MIEDO!

"¡Espero que no seas tan ESTÚPIDA como para creer que a ÉL le podría gustar una FRACASADA como tú!", aulló como una hiena.

Creo que aún me encontraba un poco aturdida, porque no tenía ni la más remota idea de a qué se estaba refiriendo.

"¿Eh...? ¿ÉI? ¿¿QUIÉN??", pregunté.

Y entonces intervino Jessica: "¡Cielos, qué tía más torpe! ¡Fíjate! ¡Si parece que se ha hecho PIS en los pantalones!"

Y Mackenzie le siguió la corriente: "¡Anda! ¡Es verdad! ¡Se ha MEADO encima!"

Y las dos se echaron a reír de nuevo mientras me señalaban.

Yo hice girar mis ojos mientras les decía "¡Sí, claro! ¡Se me han mojado de LECHE los pantalones! ¿Sois tan cretinas que no reconocéis la leche al verla?"

Entonces escapé corriendo de la cafetería y fui directamente a los servicios de chicas más cercanos.

Dentro, había unas cuatro o cinco chicas delante del espejo, dando a probar las unas a las otras el sabor de sus respectivos brillos de labios.

Se quedaron petrificadas, mirándome con cara de estupor y con la boca abierta como los peces.

Como si NUNCA hubieran visto a nadie cubierto de espagueti y postre de cerezas de la cabeza a los pies.

¡La gente es tan patética!

Luego me fui vagando por el pasillo, alucinada como un zombi. Pero en lugar de dejar detrás de mí un reguero sangriento de carne podrida, iba dejando un rastro de espagueti, salsa y postre de cerezas.

Entonces vi que, allí al lado de la fuente, la puerta del almacenillo del conserje estaba un poco entornada. Me asomé al interior y, como no había nadie, me colé dentro y cerré la puerta.

¡Me sentía FATAL! Fue entonces cuando estallé en lágrimas y me puse a escribir en mi diario.

Poco después pude oír algunas voces que me resultaban vagamente familiares, cuchicheando y soltando risitas al otro lado de la puerta.

Di por sentado que Mackenzie y sus huestes estaban tratando de seguirme el rastro para volver a reírse de mí por haberme mojado los pantalones.

"¿Seguro que se ha metido ahí?"

"Me parece que sí. La pista de espagueti lleva en esta dirección y luego desaparece. Y mira, ¡pisadas con postre de cerezas! Tiene que estar ahí dentro".

Yo pensé: "¡LO QUE ME FALTABA!"

En ese momento hubiera deseado poder EVAPORARME en el aire.

Entonces, ellas no se cortaron un pelo y llamaron a mi puerta. Bueno, no exactamente a mi puerta, sino a la puerta del almacenillo del conserje.

Me sentí como la víctima de una película de terror, cuando la chica se encuentra sola en casa y oye que llaman a la puerta.

Y cuando va a abrir la puerta, todo el público de la sala se pone a gritar: "¡NO ABRAS! ¡NO ABRAS!"

Pero ella abre la puerta de todas maneras, porque no sabe que está en una película de miedo.

¿Quién será a estas horas?

Quizá sea el chico de las pizzas...

¿Viene para hacermr una demostración
gratuita de corte de pelo?

¡Pero yo no era TONTA!

Yo SABÍA que me encontraba atrapada en una peli

de terror, así que NO abrí la puerta del almacenillo del conserje. De pronto todo se quedó silencioso y sospeché que se trataba de un truco para hacerme creer que se habían marchado.
Pero mi intuición me decía que aún seguían ahí fuera.

"¡Nikki! ¿Estás bien? Nos acabamos de enterar de lo ocurrido".
"Y venimos para saber si te encuentras bien".

Entonces por fin reconocí las voces.

¡¡¡Eran CHLOE y ZOEY!!!

Zoey dijo: "¡Muchachita, no me hagas echar la puerta abajo! ¡Sabes que soy capaz de hacerlo!"

Y aquello sí que me hizo gracia, porque Zoey siempre tiene problemas con la puerta de su taquilla. Y a veces hasta para abrir una botella de agua mineral.
Yo pensé: "¡uy, qué miedo!"

Y entonces Chloe dijo: "¡Si no sales para que hablemos, vamos a ENTRAR nosotras!"

Mi siguiente recuerdo son las cabezas de Chloe y Zoey asomando por la puerta del almacenillo, mientras ponían caras de chirigota.

Chloe bramaba y agitaba sus manos con las palmas extendidas mirando hacia mí, con gesto de payaso, y Zoey me sacaba la lengua y ponía los ojos en blanco.

Venían con rollo divertido, en plan "¿QUÉ PASA CONTIGO, COLEGA?"

Por alguna razón, al verlas me puse a llorar otra vez. Poco después, las tres charlábamos tranquilamente en el almacenillo del conserje sobre lo sucedido con Jessica y Mackenzie.

Pero yo me reservé la parte en que había aparecido Brandon, porque todavía me sentía un poco alucinada. Además estaba segura de que cualquier día de estos, entre

Mackenzie y yo, Brandon iba a preferir a Mackenzie.
Yo lo haría si fuera chico, vaya que sí. Así que NO iba a
hacerme demasiadas ilusiones de gustarle a Brandon.

Muy pronto, el tiempo del almuerzo había transcurrido
casi por completo. Chloe y Zoey me ayudaron a limpiar

la mayor parte de los restos de comida de encima de la ropa con toallitas de papel con jabón del lavabo.

Aún así había varias manchas que no pudimos eliminar. No me lo podía creer cuando Zoey fue corriendo hasta su taquilla y me trajo su jersey favorito para que me lo pusiera por encima.

Y Chloe dijo que si me ponía una capa extra de su brillo de labios Ultradestello Torbellino de Caramelo de Manzana y un poco de su lápiz de ojos Medianoche Azul todo el mundo (sobre todo el personal masculino) iba a notar mis labios seductores y mis ojos de ensueño en lugar de la mancha de pis... eeh... digo... quiero decir la mancha de LECHE de los pantalones.

Menos mal que ya se estaba empezando a secar y casi no se notaba.

A pesar de todos los sucesos trágicos del almuerzo, ahora ya me siento mucho mejor. Es posible que ya no odie tanto este colegio. Pero estoy segura de que Brandon piensa que soy una

PERFECTA IDIOTA

Me parece que padezco sinmovilitis crónica.

Ya sé que suena como una de esas enfermedades horribles en las que tienes el cuerpo cubierto de la cabeza a los pies de llagas dolorosas y supurantes, o algo igual de espantoso.

Pero no es más que el temor irracional a estar SIN teléfono móvil.

Lo peor de la sinmovilitis es que a veces te produce alucinaciones y hace que te comportes de manera demencialmente ESTÚPIDA.

Creo que hoy tuve un ataque de esta enfermedad demoledora cuando volvía del colegio a casa.

Estaba convencida de haber visto un auricular monísimo para teléfono móvil, de esos que te puedes colocar en una oreja, abandonado en la acera al lado de nuestro buzón.

"¡QUÉ SUERTE! ¡UN AURICULAR DE MÓVIL LA MAR DE GUAPO! ¡QUÉ GUAY!", pensé.

Visto más de cerca, tenía un color como de crema de melocotón. Entonces vi que se trataba de un AUDÍFONO.

Y claro, me quedé toda chafada al darme cuenta, porque me habría hecho ilusión encontrar un auricular gratis para el móvil, ahí tirado en la acera.

Supuse que probablemente pertenecía a Mrs. Wallabanger, la señora mayor que vive en la casa de al lado.

Me imaginé que era dura de oído, porque los últimos días, cuando al pasar por su lado camino de la escuela le decía "Buenos días", me hacía repetírselo unas siete veces.

Tiene un perrito yorkshire birrioso que se llama Creampuff y lo saca a pasear dos veces al día.

Creampuff parece una bola peluda con patas, pero es feroz como un doberman.

En cualquier caso, me pasé cinco minutos intentando decidir si llamar o no a la puerta de Mrs. Wallabanger y preguntarle si había perdido su audífono. Pensé que si NO lo había perdido, iba a ser una pérdida de tiempo y energía. Y si lo había perdido, pues una pérdida de tiempo y energía AÚN MAYOR. Y estaba en lo cierto. Esto fue lo que ocurrió:

YO
(hablando a gritos)

MRS. WALLABANGER
(sin enterarse de nada)

¡GRRRRR! ¡GRRRRR!

CREAMPUFF
(gruñendo y tratando de morderme)

LO QUE DIJE YO	LO QUE DIJO ELLA
¡Hola, Mrs. Wallabanger! Sólo quería saber si ha perdido Ud. su audífono.	¿Qué dices, niña?
¡Su AUDÍFONO! ¿Lo ha perdido?	¿Qué? ¡Habla más alto, que no te oigo!
¡Que si ha perdido lo del OÍDO!	¿Que si he comido COCIDO?
¡No! ¡Que si ha perdido lo del oído! ¡Su aparato!	¡No te pases conmigo, mocosa! ¡Si he comido cocido del barato no es de tu INCUMBENCIA en absoluto! ¡FUERA DE MI CASA!

Yo pensé "Bueno, ¡qué más da!" Mi breve conversación con Mrs. Wallabanger no había dado resultado. Por ahora iba a conservar en mi poder el audífono. ¡Qué le puede pasar, si sólo sale de casa para pasear al perro!

"¡Eh, señora! ¡Tenga cuidado, no vaya a pisar esa plasta tan enorme!"

¿No me ha oído, señora? ¡Cuidado con el cemento fresco!

"Creampuff, bonito, ¿eso que se oye es el canto nupcial del ganso salvaje de vientre amarillo?"

Bueno, vale. Puede que LO PEOR que le pueda pasar a Mrs. Wallabanger es que un trailer le pase por encima. ¿Pero alguien podría decir que fue por MI culpa?

Mr. Simmons, el profesor de Sociales, nos ha recordado hoy que el próximo lunes termina el plazo para entregar un trabajo sobre cómo el reciclado ayuda a detener el calentamiento global. No tenía ni la más ligera idea de lo que iba a hacer. Supuse que me limitaría a esperar a que fluyeran mis esencias creativas y que, como siempre, la noche anterior se me ocurriera algo.

Sin embargo, a la hora del almuerzo, vi cómo un grupo de chicas GPS se arremolinaba alrededor de Mackenzie y su nuevo teléfono con diseño de Prada. Y fíjate tú que llevaba puesto un auricular en la oreja que era casi idéntico al audífono que yo había encontrado.

A pesar de que empezaba a sentirme un poco culpable por haberme quedado el audífono de Mrs. Wallbanger, de pronto se me ocurrió una idea brillantísima para el trabajo de sociales. Mi proyecto iba a proponer tres objetivos:

1. Promover el reciclado para disminuir la contaminación.

2. Contribuir a detener el calentamiento global mediante

una reducción del número de "emisores de aire caliente" parloteando sin parar con teléfonos móviles.

3. Incrementar mi popularidad en el colegio al hacer creer a todos que tengo un nuevo auricular carísimo, igual que Mackenzie.

Cogí prestada la cámara de vídeo de papá y grabé mi proyecto.

CÓMO FABRICAR UN AURICULAR FAUX PARA EL MÓVIL CON UN AUDÍFONO VIEJO

(Trabajo de Sociales realizado por NIKKI MAXWELL)

Hola, soy Nikki y voy a mostraros cómo fabricar un auricular faux para el teléfono móvil con un audífono viejo. La palabra "faux" se pronuncia "fo", con efe de "falso". Es una palabra francesa que utiliza la gente elegante y significa "falsificación" o "imitación".

PASO UNO:
REÚNE EL MATERIAL NECESARIO

Para este proyecto vamos a necesitar:

● 1 audífono
(reciclado, encontrado
o "prestado")
● 1 plato de cartón
● 1 spray de pintura
(de color negro o
plateado, dependiendo
del modelo que nos
propongamos hacer).

PASO DOS:
PINTAR EL AUDÍFONO

Haciendo uso de mi
habilidad de experta y
de mis elevados niveles
de creatividad en arte
y manualidades, coloco
el audífono de Mrs.
Wallab... quiero decir
MI audífono reciclado
en un plato de cartón.

Luego lo pinto, pulverizándolo con sumo cuidado, de un color
negro metálico brillante. A continuación, dejo que la pintura

126

se seque unos treinta minutos. El reciclado es un paso fundamental para detener el calentamiento global, según nos ha enseñado a toda la clase Mr. Simmons, nuestro profesor de Sociales (un saludo para Mr. Simmons).

PASO TRES:
PREPARAR UN GUIÓN PARA LAS LLAMADAS *FAUX*

Aunque tu auricular del móvil parecerá tan real que dará el pego a tus familiares y amigos, no debes olvidar que NO es de verdad. Significa que tienes que preparar algunas cosas *faux* (o sea, falsas) para decirlas cuando lo lleves puesto, como:

1. "¡Pi–pi–pi, pi–pi–pi!"
(Eso es tu tono de llamada. Recomiendo utilizar uno con la voz muy aguda, para un mayor realismo. O, si quieres, puedes cantar o tararear tu canción favorita para el ranking de los 40 Tonos Principales).

2. "¡Cielos! ¡NO PUEDO creer que ella haya dicho eso! ¡Ahora mismo voy a llamar a _____ (inserta aquí el nombre de tu mejor amiga) para contárselo!"

3. "De veras que me encantaría poder darte mi número del móvil, pero tengo TANTAS llamadas que mis padres me han dicho que no se lo dé a nadie más, o me confiscarán el teléfono. Pero, si quieres, te puedo poner en mi lista de espera..."

4. "¿Hola? ¿Hola? ¿Me oyes ahora? ¡Te oigo fatal! ¿Hola?"

5. "¡¡#@¿¿¡¡ ¡Otra llamada perdida! ¡Estoy harta de tener a _____ (insertar el nombre de alguna operadora telefónica chunga) como proveedor!"

6. "Hola, quiero encargar una pizza grande con _ _____ .... (inserta aquí tus ingredientes extra favoritos) y sí, deje _____ ... (inserta aquí los ingredientes menos favoritos). Gracias".

7. "¡MECACHIS! ¡Este trasto inútil ya no funciona! O se le ha acabado la batería o es que me he quedado sin saldo y tengo que recargar la tarjeta. ¡Lo siento!"

(Es la mentira más convincente que puedes soltar cuando alguien te pide tu superteléfono para hacer una llamada rápida. ¡RECUERDA QUE NO ES DE VERDAD!)

PASO CUATRO:
PONTE EL AURICULAR *FAUX* EN EL OÍDO Y EMPIEZA A HABLAR.

¡Felicidades!

¡Tu nuevo auricular *faux* para el móvil ya está listo para ser utilizado en público!

IMPRESIONA a tu familia y SORPRENDE a tus amigos.

¡Pero, sobre todo, haz tu contribución para ayudar a DETENER el calentamiento global, reciclando viejos audífonos como auriculares faux para teléfonos móviles!

FIN

Lamentablemente, tuve un pequeño contratiempo con el paso cuatro. Después de la cena decidí ensayar a tararear mi tono de llamada, para poder empezar a recibir llamadas faux en el colegio mañana mismo. Apenas había puesto cinco minutos el faux auricular cuando empecé a notar una sensación de ardor y cierta irritación en la oreja derecha y por toda la zona circundante.

Sin embargo, después de diez minutos, la cosa fue a más y me salió un sarpullido que picaba y escocía de veras.

No tardé demasiado tiempo en llegar a la conclusión de que el sarpullido era por culpa de MAMÁ.

Nunca sabré por qué jamás se molestó en decirme que soy alérgica al spray de pintura negra metálica brillante. Quiero decir, que ella TENÍA que haberlo sabido. ¿Verdad? ¡Se trata de la misma mujer que me trajo al mundo!

Por suerte para mí, a papá todavía le quedaba algo de la pomada antihistamínica de cuando le atacaron las avispas. Así que me la apliqué toda sobre la oreja y ese lado de la cara.

Y ya que no podía seguir utilizando el audífono de Mrs. Wallabanger, decidí que lo ético y lo correcto era devolvérselo.

¡ESO SÍ, DE MANERA ANÓNIMA!

Puse el audífono en una caja con un lazo y una nota pegada. Luego lo dejé delante de la puerta principal de su casa, toqué el timbre y me marché corriendo. No es que estuviera asustada ni nada por el estilo. Sólo quería darle una sorpresa.

Para
Mrs
Wallabanger

Más tarde, a última hora, vi a Mrs. Wallabanger paseando con su perro y seguro que lucía su audífono y una enorme sonrisa.

Si alguna vez vuelvo a encontrarme un audífono tirado en la acera, pienso pasar de largo. Tan sólo quisiera:

1.—Sacar una nota decente en el trabajo sobre el calentamiento global y

2.—Que este horrible sarpullido haya desaparecido mañana antes de ir al colegio.

¡PUAJ ☹!

Me había levantado y me estaba preparando para ir al colegio cuando me di cuenta de que TODAVÍA tenía el sarpullido provocado por el falso auricular telefónico. Casi me atraganto con la pasta de dientes de sabor fresa mentolada, superbrillante, con control de sarro y para limpieza extrafuerte de las cavidades dentales.

Ahora que mi adorado Brandon se había percatado por fin de mi existencia, resultaba IMPENSABLE plantearse ir al colegio con ese sarpullido que hacía que mi oreja pareciera la de un duende achicharrado por el sol. Me refiero a esos duendes que cocinan galletitas en el interior del tronco de un árbol todo infectado de hormigas, termitas, escarabajos y ciempiés. Siempre me he preguntado qué son esas cosas oscuras y crujientes que hay en sus galletas.

De todos modos, sabía que mi madre NO iba a permitirme quedarme en casa sin asistir al colegio a menos que me encontrara con fiebre de 289°. Es decir, la misma temperatura con la que ella asa el pavo del *Día de Acción de Gracias*.

TEMPERATURA REQUERIDA PARA QUE MAMÁ PUEDA ASAR EL PAVO DE ACCIÓN DE GRACIAS Y TEMPERATURA DE UNA HIJA ENFERMA

←289°→

El lema de toda la vida de mi madre es "¿Y por qué un pequeño brote de gangrena o de lepra te iban a impedir recibir una educación como es debido?".

Después de considerar cada uno de los trucos del manual de operaciones, al fin se me ocurrió cómo convencer a mi madre de que estaba demasiado enferma como para ir al colegio. Tenía que SIMULAR que lo vomitaba todo.

Ahora bien, ¿era aquello suficientemente grave?

Esta idea la tuve al recordar que la primavera pasada, cuando Brianna tuvo un virus intestinal, mamá se tomó permiso en el trabajo y permitió que mi hermanita faltara al colegio toda una semana.

Y encima se volcó en mimos a Brianna, y le compró todas sus películas favoritas de Disney en DVD y un videojuego nuevo, para que no se aburriera mientras estaba en cama.

Creo que eso de vomitar impresionó bastante a mamá. Tres semanas después, yo tuve que faltar al colegio por culpa de una faringitis tremenda y esperaba que eso al menos me valiera un par de CDs. ¡Pero mamá sólo

me compró una porquería de caja de sorbetes helados!
Para terminar de arreglarlo, eran bajos en calorías y
sin azúcares añadidos. Eran como pepinillos en vinagre
pero con un palo. ¡Lo que se dice una delicia ☹!

¡Un millón de gracias, mamá!

Claro que tengo que
admitir que Brianna
estaba mucho más enferma
que yo. ¡No podía
tomar nada,
ni siquiera agua!

Me negué a
acercarme
a ella lo más
mínimo, a no ser
que fuera
totalmente
vestida con
protección
total "antivómitos".

↖ Yo, equipada contra
las potas de Brianna y su
infección intestinal. ¡Puaj!

Como estaba segura de que mamá no iba a considerar mi sarpullido lo suficientemente grave como para permitirme faltar al colegio, decidí bajar y montarme un número de falsos vómitos (o sea "faux potas").
Era lo que correspondía, ya que el sarpullido lo había causado mi faux móvil. ¡Ironías de la vida!

Por suerte para mí, fui la primera en levantarme y eso me permitió tener la cocina a mi completa disposición durante un cuarto de hora. Dado que me iba a ensuciar bastante, antes de bajar me puse mi pijama viejo de corazoncitos.

Mi fórmula secreta era bastante sencilla de preparar, y tenía aspecto y olor de lo más asquerosos:

RECETA PARA SIMULAR QUE HAS VOMITADO Y FALTAR AL COLEGIO

1 taza de avena cocida

1/2 taza de nata agria (o suero de leche para aliño ranchero o cualquier otra cosa que huela a leche agria o rancia)

2 lonchas de queso (para que tenga cuerpo)

1 huevo crudo (proporciona una textura viscosa)

1 lata de sopa de guisantes (le da un tono
verde putrefacto)

1/4 de taza de pasas (así tiene más tropiezos)

Mezclar los ingredientes y cocer a fuego lento
durante un par de minutos.

Dejar enfriar la mezcla hasta que quede
templada, temperatura típica de los vómitos.

Utilizar la cantidad que se considere necesaria.

Salen unas 4 o 5 tazas.

AVISO: Este potingue es TAN asqueroso que
DE VERDAD te puede revolver el estómago y
provocar AUTÉNTICOS vómitos. ¡En este caso,
CIERTAMENTE tendrás que quedarte en casa y
faltar al colegio ☹!

Vertí dos tazas en un bol, subí de nuevo a mi habitación,
y derramé la mezcla sobre la parte delantera de mi
pijama. Luego grité con voz muy quejumbrosa.

"¡MAMÁ! ¡Corre! ¡No me encuentro bien! ¡Tengo el
estómago revuelto y me parece que voy a ...

¡¡BLEPGGRRRUAGGHHH!"

¡Por supuesto, coló la mar de bien ☺! Mamá estaba
totalmente convencida y dijo no sólo que tenía
alterado el estómago, sino que también me había
salido un ligero sarpullido en una oreja.

Dijo que como no tenía fiebre, probablemente me encontraría mejor después de pasar un día reposando en la cama. Le dije que ya me encontraba mucho mejor (mientras parpadeaba). Ella me limpió la suciedad de encima, me ayudó con el baño de espuma y de regreso a la cama me arropó y me dio un beso.

Estuve durmiendo hasta que fue la hora del programa de Tyra Banks que ponen por la tarde. ¡Me ENCANTA esa chica!

Sin embargo, cuando bajé a la cocina a mediodía para almorzar algo, de repente me di cuenta de que había OLVIDADO tirar a la basura todos los falsos vómitos que me habían sobrado.

Y cuando vi que mamá había dejado una nota sobre la encimera, junto a la cazuela ahora vacía del potingue, SUPE que me había descubierto y que me encontraba en GRAVES problemas. ¡Me dio un ataque de pánico y mi estómago empezó a estar revuelto, pero esta vez DE VERDAD! Su nota decía:

Querida Nikki:

Muchas gracias por prepararnos el desayuno, a pesar de que no te encontrabas bien esta mañana.

Tu guiso de avena estaba delicioso y todos hemos repetido. TIENES que hacérnoslo otra vez cuanto antes.

¡Qué suerte, tener una hija tan ENCANTADORA y tan DETALLISTA!

Gracias de nuevo.

Besos,

MAMÁ ☺

P.D. ¡Espero que te encuentres mejor!

LOVELY ACCENTS©

Me pasé toda la tarde repanchingada en el salón, viendo la tele y haciendo viajes a la nevera. ¡Incluso encargué una pizza!

Además, tenía tres motivos para estar contenta:

1. ¡El programa de Tyra Banks estuvo FANTÁSTICO!

2. Se me había quitado el sarpullido por completo.

3. Mis padres se piensan que soy una supercocinera, tipo Arguiñano, de catorce años.

LUNES, 23 DE SEPTIEMBRE

Me parece que Chloe y Zoey se han vuelto
totalmente locas.

En primer lugar, quedaron literalmente aterrorizadas
cuando Mrs. Peach dijo que se iba a llevar a seis de
sus AVBs más trabajadoras y aplicadas a una visita
de cinco días a la Biblioteca Pública de Nueva York,
para asistir a la Semana de la Biblioteca Nacional.

Me parece que se trata de una especie de semana de
carnaval, con eventos y fiestas para los adictos a las
bibliotecas. Mrs. Peach ya está haciendo planes, y eso que
se celebra en abril, es decir que todavía faltan siete meses.

Pero cuando Mrs. Peach anunció que iba a haber
un "Gran Encuentro" con un montón de autores
conocidísimos como Suzanne Collins, Scott Westerfeld,
Jackson Pearce y alguno más del que no he oído hablar
nunca (Zoey dijo que se trataba del hijo del Dr. Phil,
su gurú FAVORITO en obras de autoayuda para
adolescentes) tanto Chloe como Zoey comenzaron a
dar saltos y lanzar aullidos de júbilo.

Yo me encontraba mucho más tranquila: "¡CALMA, chicas! ¡Tomaos UNA TAZA DE TILA!

EL ANUNCIO DE MRS. PEACH

Quiero decir que yo estaba contenta, pero no TAN alterada como ellas. Claro que si Mrs. Peach hubiera anunciado que nos llevaba a Nueva York para un "Gran Encuentro" con gente como Jonas Brothers, Kanye West y Justin Timberlake, hubiera hiperventilado, me habría dado un ataque y me habría desmayado cayendo redonda sobre el suelo.

LO QUE HUBIESE QUERIDO QUE DIJERA MRS. PEACH

La verdad es que Chloe y Zoey son simpáticas y buenas amigas. Pero la verdad es que a veces... resultan... ¡¡TAN RARITAS!!

Mientras colocábamos libros en las estanterías, estuvieron hablando todo el tiempo, preguntándose qué méritos especiales podríamos hacer para que Mrs. Peach nos seleccionara a las tres para llevarnos a Nueva York.

"Bueno, ¿por qué no intentamos ser las AVBs MÁS aplicadas y laboriosas?" les sugerí. "Y quizá podríamos empezar por quitar el polvo a los libros".

Me parecía algo obvio.

Pero Chloe y Zoey me miraron como si hubiera dicho una estupidez.

"¡TODAS las demás AVBs van a hacer ESA clase de cosas aburridas y vulgares para impresionarla!", refunfuñó Chloe.

"¡Claro! ¡Tenemos que pensar en un plan secreto que la deje impactadísima!", dijo Zoey con gran excitación.

De acuerdo, quizá NO fuera una idea demasiado original quitar el polvo a los libros de la biblioteca. Pero al menos dejarían de hacerme estornudar.

Estábamos sacando un montón de revistas recién llegadas cuando Chloe se hizo con un ejemplar de *That's So Hot* y se puso a leerla con mucho interés. De pronto, jadeó y dio un grito:

"¡YA LO TENGO! ¡YA SÉ LO QUE VAMOS A HACER!"

"¿Qué? ¿Maquillarnos y hacernos supermodelos?", pregunté en tono sarcástico.

"¡NO! ¡Claro que no!", dijo Chloe mientras hacía girar sus ojos hacia mí.

"¡Ya lo sé! ¡Ya lo sé! ¡Conseguir un cutis a prueba de

granos!", dijo Zoey, mientras leía uno de los titulares de la portada.

"¡Que no!", dijo Chloe "¡No es eso!" Estaba tan excitada que los ojos prácticamente se le salían de las órbitas. Entonces volvió la revista hacia nosotras y señaló con el dedo.

"... ¡ESTO!"

Zoey y yo nos quedamos sorprendidas, "¿TATUAJES?" "¿Te has vuelto LOCA?"

¿Te atreves a llevar un TATUAJE?

"¡Sería PERFECTO llevar un tatuaje para promocionar la lectura! Y demostraría que somos muy responsables y nos lo tomamos con gran interés. ¡Seguro que Mrs. Peach nos elegiría para el viaje!", dijo Chloe chillando.

"¡Es una idea genial!", dijo Zoey mientras contemplaba admirada la modelo llena de tatuajes que aparecía en la revista.

148

"¡Seguro que cuando tengamos nuestros tatuajes vamos a estar tan impresionantes como ella!"

OK. Una cosa era que estuviera dispuesta a ir a un aburridísimo viaje para asistir a la Semana de la Biblioteca Nacional. Pero era impensable que yo fuera a hacerme un tatuaje para CELEBRAR la asistencia a la Semana de la Biblioteca Nacional. Es más, ¿qué clase de tatuaje iba a hacerme?

Tenía que pensar algo rápidamente. "Hum... De acuerdo que es la mejor idea que habéis tenido, chicas. Pero el caso es que hace unos días me enteré de que soy... superalérgica a... los audífonos pintados con spray".

Chloe y Zoey parecían la mar de confusas.

"¿Y para qué iba alguien a pintar un audífono con un spray? ¡Qué cosa MÁS estrambótica!", dijo Chloe, agitando su cabeza como si yo fuera verdaderamente patética. Zoey estuvo de acuerdo.

Entonces fue cuando perdí la paciencia y les grité: "¿De veras creéis que lo que yo pienso es ESTRAMBÓTICO? ¡Estrambótico es hacerse un tatuaje para ir a la Semana de la Biblioteca Nacional!". Pero sólo lo dije en el interior de mi cabeza, de modo que nadie pudo oírlo excepto yo.

"Bueno, la pintura en spray y la tinta de los tatuajes son igualmente tipos de... esto... tintes de color, y yo sé que soy alérgica", dije. "Lo cual no deja de ser una faena, porque tenía pensado hacerme un tatuaje algún día antes de morirme".

"Vale, si se trata de un problema de salud, lo entendemos. ¿Verdad Zoey? ¡Oye! ¿Por qué no nos ayudas a elegir nuestros tatuajes?" Chloe estaba intentando consolarme.

"Sí, le pediremos a nuestros padres que este fin de semana nos lleven a hacérnoslos", dijo Zoey toda excitada. "¡Me muero de ganas de verle la cara a Mrs. Peach cuando nos vea los tatuajes!"

Pero yo ya sabía qué cara iba a poner cuando viera a Chloe y Zoey...

Yo esperaba que Chloe y Zoey desistirían de su absurda idea de hacerse tatuajes para ir a la Semana de la Biblioteca Nacional. Gracias a Dios, sus padres les habían dicho que "¡Ni hablar!". Pero cuando las vi en clase de gimnasia, se las veía muy disgustadas.

La profesora de gimnasia nos distribuyó en grupos de tres para hacernos un examen de ballet, y al principio estaba contenta de que nos hubiera tocado juntas a mí, a Chloe y a Zoey. Cada grupo debía elegir un fragmento de música clásica de la colección de CDs de la profesora y preparar un número corto de baile, utilizando las cinco posturas de ballet que habíamos estado aprendiendo durante las semanas anteriores. Como me las sabía todas, estaba segura de que iba a sacar un 10 en el examen, o en el peor de los casos, quizá un 9+.

YO HACIENDO UNA
DEMOSTRACIÓN
DE MI ASOMBROSA
TÉCNICA DE BALLET

Pero, por desgracia, Chloe y Zoey estaban demasiado disgustadas para participar.

Yo les decía "¡Venga, chicas, animaos! Tenemos que montar nuestro número de ballet y practicarlo antes de que se nos acabe el tiempo". Pero las dos me miraban con ojos de cachorrito triste.

"¡No puedo creer que nuestros padres no nos permitan hacernos tatuajes! ¡Es injusto!", gimió Chloe.

"¡Ahora Mrs. Peach no nos va a seleccionar NUNCA para el viaje a Nueva York! ¡Es como si todos nuestros sueños y esperanzas se hubiesen marchitado y hubieran MUERTO!", se quejó Zoey mientras se quitaba una lágrima de un ojo.

Se pasaron los siguientes cuarenta y cinco minutos desahogándose, y yo, que soy ese tipo de amiga sensible y receptiva, me senté y las estuve escuchando en silencio.

Luego llegó la profesora de gimnasia y nos dijo que iba a empezar con el examen y que nosotras íbamos a ser el segundo grupo. Casi me dio un ataque cardíaco, porque no habíamos escogido la música ni habíamos preparado ningún número.

Corrí como una flecha para coger un CD y el único que quedaba era *El Lago de los Cisnes*. Como había visto allí a Mackenzie curioseándolo unos minutos antes, me olí que había algo sospechoso. Así que lo primero que hice fue abrir la carcasa del CD y mirar en su interior. Me sorprendió comprobar que el disco todavía seguía allí. Es que no me fío de esa chica ni un pelo.

El grupo de Mackenzie actuó en primer lugar, y tengo que admitir que eran muy buenas. Pero no era porque tuvieran un gran talento. Es que entre las tres sumaban como ochenta y nueve años de clases particulares. Bailaron la "Danza del Hada del Azúcar" y terminaron su número de esta manera:

¡Menudo hatajo de PRESUMIDAS! Quiero decir, que ninguna verdadera bailarina de ballet clásico habría terminado el baile sentada en el suelo en espagat, con una pierna por delante y otra por detrás, y sonriendo como si hubiera perdido el corrector dental. Yo les dije "¡Eh, guapas! ¡Que no estamos en un concurso de la tele!". Pero sólo lo dije en el interior de mi cabeza, de modo que nadie pudo oírlo excepto yo.

Nosotras éramos las siguientes y empecé a sentir una especie de vértigo dentro de mi estómago. No porque estuviera nerviosa. Tan sólo odiaba resultar humillada en público. Chloe debió ver la expresión de mi cara, porque me susurró: "¡Tranquila! Limítate a seguir mis movimientos. Cuando estaba en segundo hice tres semanas de clase de ballet". Le contesté: "¡Gracias por decírmelo! ¡Ahora me siento mucho mejor!" ☹

Entonces Zoey me dijo en voz baja: "Lo que yace detrás de nosotros y lo que yace delante de nosotros son cosas sin importancia, comparadas con lo que yace dentro de nosotros. Ralph Waldo Emerson". Lo cual NO SIGNIFICABA NADA, ni tenía NADA QUE VER.

Tenía un mal presentimiento respecto a nuestro número de baile, y nisiquiera habíamos empezado todavía. Sobre todo cuando descubrí que nuestro CD de *El Lago de los Cisnes* no era un CD de *El Lago de los Cisnes* En la carcasa sí que ponía *El Lago de los Cisnes*, pero en el disco ponía otra cosa. Cuando leí el título...

¡Era *Thriller*, de Michael Jackson!

Y entonces la profesora me quitó el CD de las manos, lo insertó en el equipo de música y nos dijo que tomáramos posiciones frente al resto de la clase.

Yo tenía intención de explicarle que teníamos un pequeño problema con la música, pero me distraje cuando vi que las del grupo de Mackenzie empezaban a chillar y se abrazaban unas a otras. Habían conseguido una calificación de 10 con su ejercicio. No es que es tuviera celos de ellas ni nada por el estilo. Es decir, ¿hasta qué punto se podría considerar eso propio de jóvenes?

En fin, cuando nuestra música empezó a sonar, Chloe debió olvidarse por completo de que íbamos a hacer un número de ballet clásico, porque empezó hacer movimientos de baile funky como si fuera uno de los zombis medio podridos que aparecen en el videoclip musical *Thriller*.

Inmediatamente me di cuenta de que Zoey también estaba actuando como un zombi, así que no me quedaba otra que seguirles la corriente. Además supuse que probablemente la profesora nos restaría puntos de nuestra calificación, si Chloe y Zoey iban por ahí tambaleándose como los muertos vivientes, mientras yo hacía genuflexiones de ballet en la primera y la tercera posición.

Bien. De verdad que Chloe y Zoey me caen bien. Pero mientras estaba ahí bailando junto a ellas no podía evitar pensar "¿Qué soy yo? ¡Una especie de imán para FRIKIS!".
Tuve que recordarme a mí misma que toda esta movida era por culpa de Mackenzie, *NO DE ELLAS*.

¡CHLOE, ZOEY Y YO EN PLENA DANZA DE LOS ZOMBIS!

Por otro lado, quedé bastante sorprendida de que Chloe y Zoey bailaran tan bien. Parecía que nuestra profesora de gimnasia también estaba bastante impresionada, porque cuando acabamos se nos quedó mirando con la boca abierta y se puso a escribir muy deprisa en el bloc de notas con su rotulador. Luego nos dijo que fuéramos a verla después de la clase. Cuando fuimos a verla estábamos bastante nerviosas, porque no sabíamos lo que podíamos esperar. Chloe y Zoey pensaban que quizá nos fuera a pedir que formáramos parte del grupo de baile del colegio, del que ella era la subdirectora técnica. Yo crucé los dedos para que eso fuera cierto, porque estar en el grupo de baile significaba que automáticamente quedabas integrada en la camarilla de las GPS.

La profesora sonrió y dijo: "¡Chicas, si hubiéramos estado en una clase de danza contemporánea, habríais tenido sin duda una calificación de 10!"

Al escuchar esto, estuve segura de nos iba dar una buena nota por nuestro número, aunque hubiera sido una improvisación y con la música equivocada.

Y entonces, la profesora dejó de sonreír.

"Se suponía que las tres íbais a hacer ballet clásico, pero no lo hicísteis ni por aproximación. La mejor nota que os puedo dar es un deficiente. Lo siento mucho".

Las tres exclamamos decepcionadas, ¡OH, NO! ¡NO ES POSIBLE!

Chloe, Zoey y yo nos quedamos LITERALMENTE CRUJIDAS.

Entonces le grité a la profesora: "¿Es que ha perdido el JUICIO?" ¿Cómo se atreve a ponernos un deficiente? ¿Es que no es capaz de apreciar el mérito de esos pasos de danza? ¡Es MUCHO más difícil de lo que parece! ¡A ver, señora, si Ud es capaz de dar pasos ingrávidos como un zombi!

Pero sólo lo dije en el interior de mi cabeza, de manera que nadie pudo oírlo excepto yo.

Y chúpate ésta: entonces la profe tuvo las narices de decirnos: "Así que ya sabéis. ¡Hale! ¡A ducharse!" ¿Y qué tienen que ver las duchas con el ballet clásico? ¡NADA DE NADA!

Yo tenía cierto mosqueo con Chloe y Zoey, porque si NO hubieran perdido el tiempo con lamentaciones sobre los tatuajes y la Semana de la Biblioteca Nacional, podríamos haber hecho un número decente de ballet con la música correcta y habríamos sacado al menos un 5. ¡Pero QUÉ VAAAA!

Más tarde, en el almuerzo, las cosas todavía empeoraron más. ¡Chloe y Zoey

¡SE DESMORONARON POR COMPLETO!

Entonces fue cuando se les ocurrió un plan para escaparse de casa y vivir en túneles subterráneos debajo de la Biblioteca Pública de Nueva York.

Lo más demencial de todo era que pensaban escaparse
este mismo viernes y luego "resistir" durante siete
meses hasta que empezara la Semana de la Biblioteca
Nacional, en abril.

Se imaginaban que, por llegar muy temprano, iban a
tener asientos GRATIS y de PRIMERA FILA en el
"Gran Encuentro" con los escritores.

Chloe dijo que vivir en la biblioteca iba a ser una
"experiencia excitante", porque podrían leer todos
los libros que quisieran, veinticuatro horas al día,
sin tener que pedirlos prestados ni devolverlos a sus
estanterías.

¡Y Zoey dijo que podían alimentarse con una dieta
de Pepsi y nachos que pensaban ROBAR por las
noches de la cafetería de la biblioteca!

NO ME CABE en la cabeza que Chloe y Zoey
puedan incurrir en una conducta tan estúpida, ilegal
y peligrosa.

CHLOE Y ZOEY
UTILIZANDO
SU INSTINTO DE
SUPERVIVENCIA PARA
CONSEGUIR ALGO DE
COMIDA

¡Pienso emplearme a fondo para IMPEDIRLO!

¿POR QUÉ?

¡Pues porque Chloe y Zoey son mis MEJORES amigas en este colegio!

Y también mis ÚNICAS amigas en este colegio. Pero eso es un tema secundario.

Lo malo es que sólo tenía dos posibilidades:

1.– Chivarme a sus padres y arriesgarme a perder su amistad para siempre.

O BIEN

2.– Pensar PLVR en una manera de que mis amigas puedan tener sus tatuajes para la Semana de la Biblioteca Nacional (PLVR quiere decir "Por La Vía Rápida").

¡Apenas he podido dormir esta noche! He tenido pesadillas horrorosas con Chloe y Zoey viviendo en túneles subterráneos secretos debajo de la Biblioteca Pública de Nueva York.

En uno de los sueños, estaban celebrando una cena acompañadas por algunos vecinos.

En el sueño más terrible de todos yo me casaba con Brandon Roberts y Chloe y Zoey eran mis damas de honor. ¡Pero se traían con ellas a unos cuantos personajes que no estaban invitados a la boda ☹!

NUESTRA BODA

¡Me desperté GRITANDO como loca, hasta que me di cuenta de que sólo era una terrible pesadilla!

JUEVES, 26 DE SEPTIEMBRE

Esta mañana durante el desayuno mi hermana Brianna me puso de los nervios.

Yo estaba sentada, comiendo tranquilamente mis cereales "Vida de Canela" y leyendo la parte trasera de la caja, mientras intentaba pensar algo para resolver la situación de Chloe y Zoey.

Pensaban fugarse en menos de veinticuatro horas.

Brianna estaba comiendo sus "Guijarros Afrutados" y dibujándose en la mano una cara con un rotulador. Dijo que la iba a llamar "Miss Penelope".

LA MANO DE BRIANNA

A pesar de que estaba tratando de concentrarme en mis problemas personales, Miss Penelope se empeñó en que escuchara su interpretación de "La Araña Itsy-Bitsy", en versión remix por Rihanna.

Al parecer la araña itsy-bitsy subió más arriba del caño de agua, ¡pero se mojó con la lluvia porque no llevaba paraguas, ele, ele, ele, ey, ey, ey!

La broma empezó a desquiciarme, porque no estaba yo para numeritos de marionetas.

Aun así advertí tanto a Brianna como a Miss Penelope para que me dejaran en paz, mayormente porque me encontraba de

MUY MAL HUMOR.

Y no ayudaba para nada el hecho de la horrosora canción de Miss Penelope sonara como una ballena jorobada en plena faena.

Debió sentirse profundamente ofendida por mi crítica objetiva de sus dotes como cantante, porque se replegó y me pegó un puñetazo en un brazo.

Entonces agarré a Miss Penelope y traté de
sumergirla en mi bol de cereales.

Le dije:

¿Te gusta la leche?

Entonces Brianna empezó a gritar: "¡Para, para, que Miss Penelope
no sabe nadar! ¡Suéltala! ¡Le estás espachurrando la cara!

Pero yo no la solté. Bueno... hasta que mi madre se presentó
en la cocina.

"¿Se puede saber qué haces, metiendo la mano de tu hermana
en tus cereales? ¡¡SUÉLTALA INMEDIATAMENTE!!"

Y solté a Miss Penelope, pero sólo porque no tenía
más remedio.

Brianna me sacó la lengua. "¡Miss Penelope dice que no piensa invitarte a su fiesta de cumpleaños! ¡¡Tra-lara-la-lá, trala-la-lá-lara!!"

Entonces yo le saqué la lengua a ella y le dije: "YA han dejado de invitarme a una fiesta de cumpleaños. ¡ASÍ QUE TE CHINCHAS!" Eso se lo tenía que agradecer a Mackenzie.

De todas maneras, creo que le di una buena lección a Miss Penelope. No creo que vuelva a molestarme en mucho tiempo mientras estoy desayunando. (SONRISA MALIGNA).

Y como mis cereales estaban contaminados por los gérmenes de Miss Penelope, los tiré a la pila y subí a mi dormitorio.

Me senté en la cama y me quedé contemplando la pared de la habitación, mientras un millón de pensamientos me rondaban la cabeza.

Tengo que admitir que la situación de Chloe y Zoey parecía desesperada y no se me ocurría nada que yo pudiera hacer para solucionarla ☹.

Y para empeorar las cosas, todavía se oía en la cocina a Miss

Penelope cantando desentonada. Creí que los oídos me iban a empezar a sangrar. Me dieron ganas de coger mi rotulador favorito de tinta al agua, no tóxica, con gel de color púrpura oscuro, fabricado por HotWriter Inc, y dibujarle una gran cremallera por encima de la boca para que enmudeciera de una vez. Pero sin duda mi madre la iba a tomar conmigo de nuevo.

Así que tan sólo lo utilicé para escribir en mi diario y para que me trajera buena suerte. Pero últimamente lo de la buena suerte no había funcionado demasiado bien.

MI ROTULADOR DE LA SUERTE

Estaba dándole vueltas al rotulador entre mis dedos, cuando de pronto se me ocurrió una enorme CHIFLADURA. Dije: "¡Dios mío! ¡Esto sí que podría funcionar! Garabateé un par de notas a toda prisa y salí volando hacia el colegio un cuarto de hora antes de lo normal, para colocarlas en las taquillas de Chloe y Zoey.

Quedamos en el almacenillo del conserje antes de que empiece la clase. ¡Es muy importante!

Nikki ☹

Estuve esperando en el almacenillo del conserje durante cinco largos minutos y ya empezaba a preocuparme por si no venían. Pero finalmente aparecieron.

"¡Espero que no nos hayas hecho venir aquí para intentar que cambiemos de idea respecto a lo de escaparnos!", dijo Chloe muy seria.

"¡Eso! Porque de todas maneras lo vamos a hacer", dijo Zoey contemplando el suelo.

Se hizo un silencio muy triste. Yo creí que iba a ponerme a llorar.

"Esto... os he hecho venir para hablaros de un regalo muy especial que pensaba daros el lunes, pero como resulta que os vais mañana..."

Naturalmente esto picó la curiosidad de Chloe y Zoey y empezaron a pedirme que les dijera en qué consistía el regalo.

"Bueno, es posible que no lo supiérais, pero el caso es que yo dibujo bastante bien. No me estoy tirando un farol ni nada por el estilo. Y como vosotras sois Mis Mejores Amigas, he decidido haceros un tatuaje a cada una. Eso sí, tatuajes temporales, ¡en honor de la Semana de la Biblioteca Nacional!"

Al principio, Chloe y Zoey tan sólo se me quedaron mirando como si no pudieran creerlo.

Luego empezaron a gritar y a dar saltos, abrazándome.

CHLOE, ZOEY Y YO, FUNDIÉNDONOS EN UN ABRAZO

"Sólo tenéis que pensar qué es lo queréis", dije, "y yo lo diseño durante el fin de semana y os lo pinto el lunes a la hora del almuerzo. Pero tenéis que prometerme una cosa..."

"¡Lo que sea!", dijo Zoey entusiasmada. "¡Déjame que adivine! Tenemos que abandonar nuestros planes de escaparnos y vivir en la Biblioteca Pública de Nueva York, ¿no?"

"De acuerdo. ¡El proyecto queda oficialmente cancelado!", anunció Chloe mientras hacía un gesto con las manos como si hubiera terminado el espectáculo.

"En realidad no era eso lo que quería decir", dije yo mientras procuraba no reírme y parecer muy seria y solemne. "¡Quiero que me prometáis que cuando me case no llevaréis RATAS a mi boda!"

"¡¡¿¿QUEEEEÉ??!!" Se me quedaron mirando como si hubiera perdido la chaveta.

"No tiene importancia", dije riendo. "Es algo muy largo de contar".

Cuando iba a empezar la clase de Biología, me pareció que Brandon me estaba mirando, pero no estoy segura de si fue cosa de mi imaginación o no. Últimamente, siempre que LE miro, tengo la impresión de que él me está mirando A MÍ.

Pero entonces los dos desviamos la vista y hacemos como si NO ESTUVIÉRAMOS mirándonos el uno al otro.

Bueno, pues hoy me sonrió y me dijo: "¿Qué ciclo de las células preferirías estudiar? ¿Mitosis o meiosis?"

Le devolví la sonrisa y me encogí de hombros, porque en realidad ODIO uno y otro proceso POR IGUAL. Y además no quería que cualquier cosa que pudiera decir me hiciera parecer aún MÁS idiota de lo que él ya me creía.

Pero la principal razón por la que no pude contestar a Brandon era porque en ese instante estaba sufriendo un terrible ataque de SMR (Síndrome de la Montaña Rusa). Los estudios demuestran que afecta generalmente a chicas con edades comprendidas entre los ocho y los dieciséis años.

Los síntomas no son fáciles de describir, pero cada vez que Brandon se dirige a mí, mi estómago se siente como si estuviera cayendo por un precipicio de novecientos metros a la velocidad de ochenta km. por hora. Llamarlo simplemente "vértigo" es un error de diagnóstico muy común y peligroso.

De pronto, sin previo aviso, me sentí impulsada a alzar mis brazos en el aire (como si no me importara) y ponerme a dar gritos...

"¡YUJUUUUU!"

¡¡YO, MONTADA EN LA MONTAÑA RUSA!!

¡¡ADORO TENER esta sensación ☺!!

177

¡Luego la cosa MEJORÓ aún más a lo largo del día! Mientras estaba trabajando en la biblioteca, Brandon vino a devolver un libro titulado *La fotografía y tú*. Yo estaba allí sentada, garabateando unos esbozos de tatuajes para Chloe y Zoey, cuando él se apoyó sobre el mostrador y echó un vistazo a mi cuaderno.

"¡Muy bueno! ¡No sabía que fueras una artistaza!"

Miré a mi alrededor para ver con quién estaba hablando. ¡Entonces flipé cuando me di cuenta de que se dirigía A MÍ! Me quedé prácticamente SIN ALIENTO.

"Gracias, pero no es para tanto. Siempre he asistido a los campamentos artísticos. El verano pasado casi se me comieron los mosquitos. ¡Vaya que si pican!", farfullé como una idiota.

"Bueno. ¡El caso es que se te da la mar de bien!"

El flequillo de Brandon colgaba otra vez sobre sus ojos mientras sonreía y se reclinaba todavía más sobre el mostrador para ver mis diseños. ¡Pensé que iba a MORIRME! Olía a suavizante de ropa *Suavecín*, desodorante *SobAxe* y... ¿Regaliz rojo?

No pude evitar ponerme colorada, y además no había manera de dibujar mientras me miraba de esa manera. De nuevo empecé a sentir el síndrome de la montaña rusa... ¡¡UAAAAAUUU!!

De repente los ojos de Brandon se pusieron a parpadear con excitación.

"¡Oye! ¿Vas a participar en el certamen de arte de vanguardia? Voy a cubrir la información para el periódico".

"Sí, me lo estoy pensando. Pero todo el mundo dice que los diseños de moda de Mackenzie van a ganar este año, así que no sé..."

"¿Mackenzie? ¿Estás de broma? Hay más talento en un eructo tuyo del que Mackenzie tiene en todo su cuerpo. ¡En serio! Lo sabes. ¿No?"

¡NO PODÍA creer que Brandon hubiera dicho eso!

Era algo tan grosero. Tan retorcidamente divertido.
Tan... ¡CIERTO!

Los dos nos reímos a carcajadas. No sabía que tenía
un sentido del humor tan disparatado.

Al poco, Chloe y Zoey llegaron tambaleándose al mostrador,
cada una con una pila de libros que había que guardar.

Cuando nos vieron se quedaron boquiabiertas.

Me miraron y luego miraron a Brandon, luego a mí
otra vez. Luego a Brandon. Y a mí de nuevo. Luego
a Brandon. Luego a mí. Luego otra vez a Brandon.

¡Parecía el juego de nunca acabar!

Se quedaron mirándonos embobadas, como si fuéramos
un nuevo animal en el zoológico, o algo así.

¡Era TAN incómodo! La sonrisa de Brandon se fue
retorciendo ligeramente, pero aparte de eso actuó de manera
despreocupada como si la cosa no fuera con él.

"¡EH! ¡FÍJATE EN ESOS DOS!
¡DEBE SER LA ÉPOCA DEL CELO O ALGO ASÍ..."

"¡Hola Chloe! ¡Hola Zoey!", dijo él.

Pero las dos se habían quedado tan patidifusas que no acertaron a contestarle.

"Bueno, me vuelvo a clase. Nos vemos luego, Nikki".
Entonces se dirigió hacia la puerta y se perdió por el pasillo.

Chloe y Zoey armaron mucho jaleo por el hecho de que Brandon estuviera hablando conmigo y se pusieron pesadísimas pesadísimas para que reconociera que es mi amor secreto.

Después de que les hice jurar por lo más sagrado que no se lo dirían a nadie, les conté cómo Brandon me había ayudado cuando Jessica me hizo la zancadilla en la cafetería hace como unas dos semanas.

Entonces cogí la mochila, abrí la cremallera y les enseñé La Servilleta.

Al principio, se la quedaron mirando con asombro. Pero enseguida empezaron a tomarme el pelo y reírse como crías. "¡Brandon y Nikki, sentados en el árbol, pelan la pava y S-E B-E-S-A-N!"

Les dije que se callaran antes de que alguien pudiera oírlas y se enterase todo el colegio.

Chloe insistió en que guardara La Servilleta toda la vida, porque había una posibilidad de que Brandon y yo nos encontrásemos por casualidad en una isla exótica y romántica dentro de veinte años. Dijo que era posible que sucediera, del mismo modo que ocurría en las películas.

LA SERVILLETA DE MI MEJOR AMIGA
(NOCHE EN BLANCO EN SAN DIEGO)
Dirigida por Chloe Christina García

BRANDON:
¡No he podido evitar verte
desde mi habitación
y quedar prendado
con desesperación
de tu inteligencia y tu belleza!
¿No nos hemos visto antes?
Quizá en otra parte...
en otro tiempo...
o en otra vida.

YO:
¡Ay! Ha llegado la estación
de la alergia.
Toma esta servilleta, tan
querida
de mi corazón desgarrado
en un misterioso pasado.
Y haz con ella...
¡Lo que tengas que hacer!

YO:

¡Cuán poderoso estornudo! Ha sido acertadamente capturado en esta delicada servilleta de un amor olvidado... ¡Y que ya no es más que un pañuelito desechable, empapado de sueños rotos y perdidos!

BRANDON:

¡Ahí va! ¿Qué ven mis ojos? ¡Reconocería NUESTRA servilleta incluso en la más oscura de las profundidades tenebrosas! ¡Me desbordan la alegría y la pasión!

BRANDON:

¿De verdad eres tú? ¡Mi amada Nikki! Al fin he encontrado mi VERDADERO AMOR! ¿Quieres CASARTE CONMIGO?

FIN

Le dije a Chloe que su historia era de veras romántica y enternecedora. Pero que si la servilleta estuviera chorreando mocos y Brandon me hiciera esa proposición sobre la marcha, entonces MI historia tendría un final diferente:

YO:
Mira, Brandon. Me parece
que deberíamos tomarlo
con más tranquilidad.
Primero, vamos a deshacernos
de esta servilleta llena de mocos...
¡Puaghh!
Segundo, ¿qué tal si me llevas al
cine y luego...

FIN

Zoey dijo que no me culpaba por reescribir el final feliz de Chloe, porque los mocos y las bacterias transportadas por el aire son la manera más frecuente de transmitir enfermedades a otros.

Sin embargo Chloe se quejó de que ninguna de las dos había captado EN ABSOLUTO lo que quería expresar. La Servilleta, con o sin gérmenes, debería ser muy apreciada porque era una prenda del amor de Brandon. Y después de leer *Crepúsculo*, había aprendido que el amor prohibido, la obsesión y el sacrificio podían ser cosas fastidiosas. Lo mismo que los mocos.

Tuve que admitir que el argumento de Chloe era muy bueno.

Entonces Zoey dijo que yo debería tener en cuenta que los chicos son de Marte, mientras que las chicas son de Venus, porque piensan y se comunican de maneras muy diferentes, de acuerdo con un libro que estaba leyendo sobre el noviazgo. Me quedé muy sorprendida al escuchar esto, ya que creía que la Tierra es el único planeta en el que existe vida humana.

Me alegra de veras que Chloe y Zoey sepan tanto sobre los chicos, las parejas, el amor y todas esas cosas.

Porque yo no tengo NI IDEA.

¡Ufff!

Ésta va a ser la anotación MÁS LARGA de todas en mi diario. Tengo un jaquecón tremendo, por culpa de Brianna. ¿Por qué, por qué, por qué no habré nacido hija ÚNICA?

Bueno, esto es lo que sucedió: mi madre y Brianna iban a ir hoy a una sesión matinal de cine. Pero mamá tenía que ir al centro comercial a comprar un regalo para una fiesta de prenatal a la que estaba invitada por la tarde.

Así que me ofreció 10 dólares si llevaba a Brianna al cine en su lugar. Y como yo me encuentro en estado de quiebra, me pareció muy bien. Pensé que, en el peor de los casos, podría dormirme durante la película y ganar 10 dólares a cambio de una siesta de noventa minutos.

La película se titulaba *La Princesa Sugar Plum salva la Isla del Pequeño Unicornio — Tercera Parte.* Debían ser cientos las niñas pequeñas que había por allí gritando y la mitad de ellas iban disfrazadas de princesas o de unicornios.

Debería haberle cobrado 50 dólares por acompañar a Brianna, porque fue algo tan empalagoso que producía náuseas.

Sin embargo, Brianna creyó que se trataba de una película de miedo, porque aparecía un ratoncillo. Y ella tiene ese miedo irracional a que el ratoncillo Pérez le saque los dientes para fabricar dentaduras para ancianos. Podría decirse que sufre "ratitofobia".

El caso es que casi me volvió LOCA, porque cada vez que aparecía un dócil ratoncillo en la pantalla se asustaba terriblemente, tiraba de mi brazo y hacía que se me cayeran las palomitas de maíz.

Debí volcar como tres bolsas enteras de palomitas encima de una señora muy simpática que estaba sentada a mi lado.

Me sentí TREMENDAMENTE feliz cuando al fin terminó aquella estúpida película.

Brianna y yo esperábamos ante la puerta principal a que mamá pasara a recogernos. Sin embargo, tuve un mal presentimiento cuando fue papá quien llegó con su furgoneta de Control de Plagas Maxwell. Claro que aquella cucaracha de mirada aviesa fijada encima de la furgoneta producía una sensación horrorosa a la mayor parte de la gente.

Por cierto, que el nombre de la cucaracha es Max (por cortesía de Brianna, "porque si yo tuviera un cachorrito lo llamaría Max").

Yo pensé horrorizada que si alguien de mi colegio llegaba a verme dentro de la furgoneta de papá, mi vida entera quedaría arruinada. Barrí con la mirada todo a mi alrededor en busca de estudiantes de bachillerato, pero casi todo eran niños de entre tres y seis años.

"¡Hola, chicas, subid al coche! Mamá todavía sigue de compras. Y yo tengo que atender un servicio urgente, así que teneis que venir conmigo y hacerme compañía", dijo mientras nos guiñaba un ojo.

Yo dije: "Eh... gracias, papá, pero tengo un montón de deberes del colegio para hacer. ¿No podrías dejarme en casa primero? ¡POR FAVOR!" Estaba esforzándome por parecer tranquila.

Mi padre echó un vistazo a su reloj y frunció el ceño. "Lo siento pero no tengo tiempo para pasar por casa. La cliente estaba histérica y ha aceptado pagar la tarifa de urgencia. Va a dar una gran fiesta esta tarde y dice que su casa está llena de bichos, tanto por dentro como por fuera. Al parecer esta mañana aparecieron a centenares, como surgidos de la nada".

"¡Puaj!", dijo Brianna arrugando la nariz.

"Tiene toda la pinta de ser una plaga de los arces", siguió diciendo papá. "Menos mal que la cliente no es la misma que va a celebrar la fiesta de prenatal a la que va a asistir tu madre esta tarde".

De mala gana, subí al asiento delantero de la furgoneta y traté de encogerme lo más posible para que nadie me pudiera ver.

Cada vez que parábamos en un semáforo, había gente que nos señalaba con el dedo, se nos quedaba mirando y se reía. No de mí, claro, sino de nuestra cucaracha.

Brianna creyó por alguna razón que los que nos miraban y reían lo hacían en plan amistoso, así que empezó a sonreírles, a saludar agitando la mano y a tirarles besos desde la ventanilla, como si hubiera sido elegida Miss Mundo o algo así.

Y papá, que estaba acostumbradísimo a los mirones groseros, pasaba totalmente de ellos mientras tocaba el claxon al son de su cd de *Fiebre del sábado noche*.

Gracias a Dios vi que por debajo del asiento asomaba una bolsa de plástico de un supermercado.

A pesar de que ponía AVISO: MANTÉNGASE FUERA DEL ALCANCE DE LOS NIÑOS PEQUEÑOS PARA EVITAR EL RIESGO DE MUERTE POR ASFIXIA, hice dos agujeros en la bolsa y me la puse encima de la cabeza. Para empezar, yo NO ERA una niña pequeña.

Y además, preferiría morir asfixiada lentamente antes que ser reconocida a bordo del "cucamóvil".

La verdad es que teníamos que parecer un espectáculo de

FRIKIS SOBRE RUEDAS.

¡Era tan vergonzoso!

Me preguntaba cómo serían de graves las heridas si saltaba en marcha de un vehículo que circulaba a cincuenta kilómetros por hora. Asumiendo que sobreviviera a la caída, al menos podría regresar a casa andando y poner fin a aquel humillante viaje en la furgoneta de papá.

Unos diez minutos más tarde, enfilamos una larga avenida que conducía a una enorme mansión. ¡Uauu! Qué maravilla de casa, pensé. ¡Pero está llena de bichos!

Brianna se quedó pasmada contemplando la mansión. "Papi, ¿puedo ir dentro contigo? ¡Por favor, por favorcito!"

"Lo siento, corazón, pero vas a tener que quedarte con tu hermana y vigilar que nadie robe a Max, ¿vale?"

¿Y QUIÉN en su sano juicio iba a querer llevarse a MAX?

Dos insectos negros y brillantes como de un centímetro y medio de largo aterrizaron sobre el parabrisas de nuestra furgoneta.

"¡Míralos! En efecto, son la plaga de los arces", dijo papá mirándolos con mucha atención. "Son totalmente inofensivos. Fumigarlo todo probablemente me va a llevar unos veinte minutos. Intentaré terminar lo más rápido que pueda. Chicas, si necesitáis alguna cosa, estaré dentro".

Papá bajó su equipo y cargó con él por las escaleras de la entrada principal. Antes de que pudiera llamar al timbre, una señora de mediana edad con la mirada desesperada que vestía ropa de diseño abrió la puerta y lo hizo pasar.

Brianna empezó a hacer pucheros. "¡Yo quiero ir ahí dentro con PAPÁ!".

"¡NO! Ha dicho que tienes que quedarte aquí. Y vigilar a Max. ¿Recuerdas?", dije en tono severo.

Brianna me miró y arrugó la nariz.

"¡Vigila TÚ a Max! ¡Yo tengo que ir al cuarto de baño!"

"Brianna, papá va a volver enseguida. ¿No puedes aguantar un poco?"

"¡NO! ¡Tengo que ir AHOOORAAA!"

Yo pensaba: ¡Esto es genial! Y todo este drama por diez cochinos dólares.

"Muy bien, de acuerdo", cedí finalmente. "Pero cuando entremos ahí, no se te ocurra tocar nada. Simplemente utilizas el cuarto de baño y vuelves a salir, ¿entendido?"

"¡También quiero decirle hola a papá!"

"¡Ni hablar! Te limitas a ir al cuarto de baño y luego volvemos a la furgoneta a esperar a que..."

Antes de que pudiera terminar la frase, Brianna abrió la puerta de la furgo y salió disparada hacia las escaleras de la puerta principal.

Para cuando pude alcanzarla, ella ya estaba llamando al timbre, "¡Ding-dong! ¡Ding-dong! ¡Ding-dong!"

Otra vez abrió la puerta la señora con aspecto nervioso y pareció sorprendida cuando nos vió a Brianna y a mí.

"Eh... Perdone que la molestemos", dije balbuceando. "Es que estábamos en la furgoneta, esperando a nuestro padre y ..."

"¡Oiga, señora! ¡Tengo que hacer PIIIIIIIS!", interrumpió Brianna.

Y se puso a retorcerse y a poner caras horrorosas,
para hacer un efecto de lo más dramático.

La señora miró a Brianna y luego a mí y luego otra vez a
Brianna. Sus finos labios rojos dibujaron una sonrisa forzada.

"¡Ah, claro! Vuestro padre es el... fumigador. Pues claro,
bonita, el cuarto de baño está por aquí. ¿Vienes conmigo?"

El interior de la mansión parecía como salido de una de las revistas de casas y jardines lujosos de mi madre. Habíamos dejado atrás el vestíbulo y estábamos atravesando un gran salón cuando la señora se detuvo repentinamente.

"¡Oh, esperad! Todos los servicios de la planta principal están rociados de insecticida. Vais a tener que utilizar uno de los del piso de arriba. Todos los dormitorios tienen su propio cuarto de baño anexo. Os acompañaría, pero el hombre del cátering está a punto de llamarme para saber por fin cuánta gente va a venir".

Sonó el teléfono y la señora lazó un grito ahogado y se fue corriendo, dejándonos allí solas. Brianna sonrió y salió como una flecha, subiendo las enormes escaleras por delante de mí.

Al entrar en el primer dormitorio de la derecha gritó con regocijo: "¡Ahí va, qué bonito!"

Estaba decorado en tonos de rosa y la moqueta era tan mullida que se podía dormir encima. El ordenador portátil y la televisión de pantalla panorámica eran de ensueño. Todo mi dormitorio cabía en el vestidor de entrada. Pero personalmente me parecía un poco demasiado empalagoso. No es que tuviera envidia ni nada parecido, porque ¿hasta qué punto se podría ESO considerar propio de jóvenes?

¡¡BRIANNA Y YO
TOTALMENTE EXTASIADAS ANTE EL FABULOSO DORMITORIO!!
(EL CUAL, POR CIERTO, ME LLEVÓ UNA ETERNIDAD DIBUJARLO)

"¡Oye! ¿Puedo dar saltos encima de esta cama maravillosa?", preguntó Brianna.

"¡NO!", dije yo tajante. "¡Baja de ahí ahora mismo!"

Tuve que hacer uso de toda mi fuerza de voluntad para no ponerme a fisgonear. Me pregunté a qué colegio iría la dueña del dormitorio y si alguna vez podríamos ser amigas. Seguro que su vida era perfecta. A diferencia de la mía.

Brianna se introdujo en el cuarto de baño y cerró con pestillo. "Uaaau, ¡quiero un cuarto de baño como éste por mi cumpleaños!"

Enseguida escuché el agua de la cisterna. Pero luego pasaron tres minutos y seguía sin salir.

"Brianna, ¡date prisa!", le grité desde el otro lado de la puerta.

"Espera, que estoy disfrutando lavándome las manos con este jabón de fresa, y luego me voy a poner un poco de este spray corporal en forma de magdalena que huele tan bien".

"Vamos. Tenemos que volver a la furgoneta".
"¡Espera! ¡Ya casi he terminado!"

De repente, escuché una voz que me resultaba asquerosamente familiar.

"Pero ¡mamá! ¡NO PUEDO celebrar mi fiesta con todos estos horribles BICHOS pululando por todas partes! Deberíamos haberla celebrado en el club de campo, como yo quería. ¡Todo esto es por TU culpa!"

¡Casi me mojo los pantalones! ¡Era Mackenzie ☹!

Me dije a mí misma: "¡Dios mío! ¡Dios mío! ¡Dios mío!
Hoy era la fiesta a la que no había sido invitada.

Aquello era como una pesadilla demencial. Estaba atrapada en
la alcoba de Mackenzie, mi hermana estaba encerrada en el
cuarto de baño de Mackenzie y mi padre era el fumigador
de la mansión de los Mackenzie! Y por si todo eso no fuera
suficientemente terrible, nuestra furgoneta con su gigantesca
cucaracha en lo alto se encontraba aparcada en el camino de
entrada de la casa de los MacKenzie, con MI apellido escrito,
bien visible en el costado (de la furgoneta,
no de la cucaracha).

¡Hubiera querido hacer un boquete ¡BAM!
en la suntuosa moqueta rosa, ¡BAM!
arrastrarme bien dentro
y MORIRME!   YO
Aporreé la puerta.   (A PUNTO DE
                       DARME UN
                       ATAQUE)

"¡BRIANNA!
¡VAMOS! ¡ABRE
AHORA MISMO!"

201

"¡Estoy ocupada! ¡Déjame en paz!"

"¡Llevas ahí un montón de tiempo! ¡Abre la puerta!"

"Di 'Por favor'".

"Por favor".

"Ahora di 'Por favor te lo pido, por favor y por favorcito'".

"Vale. Abre la puerta, por favor te lo pido, por favor y por favorcito".

"¡NO! ¡Todavía no he terminado!"

"¡Mamá! ¡La fiesta va a ser un DESASTRE! ¡Qué va a pensar la gente! Tenemos que suspenderla.

Podía escuchar los gritos de Mackenzie cada vez más alto. ¡Estaba subiendo las escaleras!

"Brianna, ¡abre la puerta rápido! ¡POR FAVOR! ¡Es una emergencia!", siseé desde el otro lado.

"¡Te esperas! Me estoy poniendo un desodorante que huele muy bien. Mmm... ¿De qué emergencia se trata?"

Mackenzie ya estaba en el pasillo.

"Mamá, voy a llamar a Jessica. No se va a creer que esto me esté sucediendo a mí..."

Me quedaban exactamente tres segundos para convencer a Brianna para que abriera la puerta del cuarto de baño.

"¡Brianna! ¡Viene el ratoncito Pérez y tenemos que marcharnos de aquí! ¡¡AHORA MISMO!!

Sonó el chasquido del pestillo y Brianna abrió la puerta rápidamente.

Parecía más asustada aún que durante la película del Ratoncito Pérez.

"¿Has dicho el RATONCITO PÉREZ?"

"¡Sí! ¡Corre! ¡Vamos a ESCONDERNOS! ¡Rápido!"

Brianna estaba aterrorizada y empezó a gimotear.

"¿Dónde está? ¡Tengo miedo! ¡Quiero que venga papaaaaá!"

"Vamos a escondernos detrás de la cortina de la ducha. Si no hacemos ruido, no nos encontrará".

Brianna se calló inmediatamente, pero tenía los ojos como platos.

Incluso me dio un poco de pena.

Nos metimos dentro de la bañera y nos acurrucamos detrás de la cortina de la ducha.

Podía oír los pasos enérgicos de Mackenzie dentro del dormitorio, mientras hablaba a gritos con el teléfono móvil.

"¡Jess, ahora resulta que no podemos celebrar la fiesta! ¡Tenemos la casa llena de bichos! ¿Qué?... ¿Cómo voy a saber qué bichos son? Son grandes y negros... como cucarachas o algo parecido. Ha venido un tipo para fumigar. ¡Pero ahora la casa apesta a insecticida! ¡Es que APESTA, Jess! ¡Cómo voy a dar una fiesta en una casa APESTOSA!

"Nikki, ¡tengo miedo! ¡Quiero que venga papaaá! ¡AHORA!"

"¡Le PEDÍ a mamá que me dejara celebrar la fiesta en el club de campo! La madre de Lindsey sí que la dejó celebrar la fiesta en el club de campo. ¡Pero NOOO! ¡Últimamente pretender algo de mi madre es como intentar sacarle un DIENTE!"

"¿POR QUÉ tuvo que decir ESA palabra Mackenzie?"

Brianna perdió la cabeza y empezó a salir de la bañera.

"¡OH, NO! ¿Has oído eso? ¡Dice que me va a sacar los DIENTES! ¡Quiero irme a casa!"

"¡Brianna! ¡Espera...!" Y la atrapé, sujetándola por la cabeza. Finalmente, dejó de retorcerse y se quedó quieta.

¡¡Entonces la muy mocosa me MORDIÓ!! ¡Muy FUERTE! La solté y aullé de dolor como un animal herido. "¡AUUUUUU!" Pero lo hice en el interior de mi cabeza y nadie más que yo pudo oírlo.

¡Brianna salió disparada de la bañera, abrió la puerta del cuarto de baño y desapareció en el interior del dormitorio de Mackenzie!
Me quedé helada y contuve la respiración. No podía creer que aquello me estuviera ocurriendo.

Entonces pensé: "Esto no es más que una pesadilla. Como aquellos estúpidos sueños terroríficos que tuve al principio de la semana, con Chloe y Zoey. Si pudiera despertarme, TODO esto se desvanecería".

Así que cerré los ojos y me di un pellizco bien fuerte, intentando despertarme.

Pero cuando volví a abrir los ojos, todavía estaba allí

de pie en la bañera de Mackenzie. Con la marca blanca y azul de los dientes de Brianna en mi brazo, junto a la señal roja del pellizco que todavía palpitaba.

¡De nuevo deseé estar MUERTA!

De pronto, otra idea surgió en mi cabeza. Si volvía a meterme en la ducha de Mackenzie y estaba de pie bajo el agua fría durante una hora, quizá podría morirme de una neumonía. Pero eso podría tardar varios días. ¡Y yo necesitaba MORIRME INMEDIATAMENTE!

"¡CIELOS! ¡Jess, hay una NIÑA pequeña en mi habitación!... ¡Y yo qué sé! ¡No tengo ni idea de dónde ha salido! ¡Le he dicho a Amanda un millón de veces que mi dormitorio es territorio prohibido para ella y sus amigas! Espera un momento..."

"¡¡MAMÁ...!! ¡Amanda y sus amigas están jugando otra vez en mi habitación! ¿Podrías hacer algo...?"

"Ya estoy contigo otra vez, Jess. Si vuelven a tocar mi maquillaje, lo juro, voy a estrangular..."

"¡No te atrevas a tocarme... ¡Ratoncilla Pérez, MALA!",

le gritó Brianna con toda la fuerza de sus pulmones.

De pronto sentí que se me iba la cabeza. Estaba segura de que iba a desmayarme.

"Espera un momento, Jess...."

"¿Y QUIÉN te ha dicho que yo soy la ratoncilla Pérez? ¿QUÉ haces tú en mi habitación? ¿DÓNDE está Amanda?"

"¡No me vas a sacar los dientes! ¡NUNCA!", gritó Brianna con bravura.

"¡¡MAMÁ!! ¡¡AMANDA!! Espera un momento, Jess. Tengo que librarme de esta niña. ¡Luego voy a MATAR a Amanda! ¡Fuera de mi habitación ahora mismo...!"

"¡QUIETA! ¡Suéltame! ¡Mis dientes SON míos!"

Se oyó un golpe fuerte y Mackenzie soltó un aullido.

"¡¡MAMÁ!! ¡Me ha atacado una especie de enanita endemoniada! ¡Dios mío! ¡Me ha dejado señalada! ¡No voy a poder ponerme mis nuevas sandalias con este

¡BRIANNA LUCHANDO CONTRA LA PERVERSA RATONCILLA PÉREZ!

cardenal tan horrible en la pierna!"

"¿Sigues ahí, Jess? No puedo dar la fiesta en estas condiciones. Tengo un moratón del tamaño de una ensaimada. ¡NO! ¡El cardenal no me lo ha hecho una ensaimada! He dicho que... ¡Espera un momento...!"

Pude oír a Mackenzie cojear escaleras abajo, como si fuera un pirata con la pata de palo. Clic-clank, clic-clank, clic-clank.

¡¡MAMÁ!! ¡La semana pasada Amanda y sus amigas me pusieron chicle en el pelo y estuvieron pintándose con mi lápiz de labios! ¡Y ahora una de ellas acaba de ..."

Cuando me pareció que los chillidos de Mackenzie sonaban lo bastante lejos, salí de la bañera, agarré a Brianna y me la eché al hombro como si fuera un saco de patatas.

Sin detenerme ni un momento, cargué con ella escaleras abajo y a través del gran salón hacia el vestíbulo y hasta alcanzar la puerta de entrada.

La senté de golpe en el asiento trasero de la furgoneta y cerré con un portazo.

Papá estaba en la parte de atrás, guardando su equipo.

"¡Ah, ya estáis aquí! Sincronización perfecta. Yo ya he acabado".

Cuando papá puso la furgoneta en marcha y condujo hacia la salida, me quedé mirando hacia la mansión, casi esperando que apareciera Mackenzie cojeando por la puerta principal exigiendo que Brianna fuera detenida por haberle hecho un cardenal que le iba a impedir lucir sus sandalias de tacón altísimo durante su fiesta de cumpleaños.

Curiosamente, Brianna iba sentada muy tranquila en el asiento trasero y parecía muy satisfecha consigo misma.

"¿Sabes qué, papá? Fui al cuarto de baño y luego me lavé las manos con jabón de fresa y utilicé un desodorante en forma de magdalena, vi al ratoncito Pérez con rulos en el pelo y estaba hablando con un teléfono encantado y decía que iba a estrangularme y sacarme todos los dientes para hacer dentaduras postizas para los ancianos. Así que cuando me agarró le di una patada y me soltó y empezó a gritar llamando a su mamá. Entonces regresó volando al país de los ratones para ir a una fiesta para Mickey Mouse. La verdad es que es un ratoncillo muy desagradable. ¡Me gustan mucho más Santa Claus y el Conejo de Pascua!"

Por suerte para nosotras, papá apenas estaba escuchando las aventuras de Brianna. "¿De veras, corazón? ¿Iba de eso la película de la Princesa Sugar Plum?"

En el siguiente semáforo, me di cuenta de que había un coche lleno de chicos señalándonos y riendo. Me volví a poner la bolsa de plástico en la cabeza y me acurruqué en el asiento.

¡Estaba tan indignada, que era capaz de ponerme a jurar en arameo!

¡¡Y todo este número por diez cochinos pavos!!

Estoy empezando a ponerme muy nerviosa, porque sólo faltan ocho días para el certamen de arte de vanguardia. Decidí presentar una acuarela que me ocupó la actividad de dos veranos enteros en el campamento artístico. Le eché nada menos que 130 horas.

El único problema era que se la regalé a mis padres la primavera pasada, por su decimosexto aniversario de boda. Así que técnicamente ya no es mía. Tuve que elegir entre mi pintura o gastar los ahorros de toda mi vida, 109 dólares y 22 centavos, para pagarles una cena en un restaurante de lujo.

Me di cuenta de que la cena iba a ser un timo, porque suelo ver el Canal Cocina. En realidad, en todos esos restaurantes de cinco tenedores sólo tienen porquerías como ancas de rana y caracoles, y además te ponen una ración muy pequeña, servida en un plato grandísimo con sirope de chocolate por encima y una guarnición. Y la "guarnición" no es más que una forma pretenciosa de referirse a una simple ramita de perejil.

Así que, para ahorrar dinero, Brianna y yo decidimos

cocinar nosotras mismas una cena romántica con velitas, como sorpresa para papá y mamá por su aniversario. Cogimos un cubo enorme y una red, y en el estanque del parque nos hicimos con varias ancas de rana superfrescas y algunos caracoles.

TUVE la brillante idea de preparar un buffet libre, ya que al fin y al cabo la comida nos había salido GRATIS.

LA CHEF NIKKI Y SU AYUDANTE PREPARAN UNA EXQUISITA CENA DE GOURMET CON ANCAS DE RANA Y CARACOLES

YO JUGANDO CON LA COMIDA

AMOR A PRIMERA VISTA

SIROPE →

CARACOL FUGÁNDOSE

PEREJIL

ANCAS DE RANA MUY FRESCAS

CARACOLES MUY FRESCOS

Pero preparar aquella cena de gourmet iba a resultar mucho más difícil de lo que yo había pensado. Las ranas no paraban de saltar fuera del bol y tampoco había manera de que los caracoles permanecieran quietos en el plato. Por desgracia, en ningún programa del Canal Cocina se explicaba cómo había que controlar a los bichos mientras estabas tratando de cocinarlos.

¡Y Brianna no colaboró EN ABSOLUTO! Se suponía que era mi ayudante, pero lo que hacía era acariciar a las ranas y besarlas para ver si alguna se convertía en un príncipe. La amenacé muy seriamente porque ¡A SABER a quién habían estado besando las ranas con anterioridad!

No resulta de extrañar que le diera un ataque de histeria cuando llegó el momento de meter la comida en el horno. Dijo que eran sus amigos y que "los amigos NO GUISAN a los amigos". Tuve que admitir que era un buen argumento. Así que decidimos llevar de nuevo al estanque a los bichos de la cena de mamá y papá y dejarlos en libertad. La verdad es que se puede decir que tuvieron suerte. Me refiero a las ranas y caracoles, no a mamá y papá.

215

Dado que nuestros planes de preparar una cena habían quedado desbaratados y que yo no quería quedarme sin los ahorros de toda mi vida, en lugar de eso le puse a mi acuarela un gran lazo rojo navideño y la utilizamos como regalo. A mamá y papá debió gustarles mucho, porque se gastaron un pastonazo en ponerle un cristal mate y un marco carísimo de estilo antiguo. Luego la colgaron en el cuarto de estar, encima del sofá.

A pesar de tratarse de un recuerdo familiar muy apreciado y con gran valor sentimental, mamá dijo que podía tomar prestada la acuarela para el certamen de arte de vanguardia, a condición de que tuviera mucho cuidado con ella.

Yo le dije: "¡No te preocupes, mamá! No va a pasar nada. Voy a tener muchísimo cuidado. ¡Te lo prometo!"

Claro que, ahora que lo pienso, seguro que Jamie Lynn Spears le dijo a su madre exactamente lo mismo...

No me lo podía creer cuando Mackenzie vino hoy al colegio con muletas. Incluso les había puesto unas pegatinas con corazoncitos, haciendo juego con su nuevo bolso de vagabundo de Mucci. Sólo una persona tan vanidosa como Mackenzie intentaría presumir mientras va por ahí andando con muletas. Ni siquiera llevaba la pierna escayolada. Tan sólo una tirita de Bob Esponja debajo de la rodilla izquierda. ¿QUÉ TOMADURA DE PELO ES ÉSTA?

Según radio macuto, el sábado Mackenzie estaba dando clase de submarinismo con un chico muy guapo de noveno curso y "se rompió un tobillo" al impedir que él se ahogara. Supuestamente, tuvo que practicarle la respiración boca a boca, hasta que llegó la ambulancia. Y como el pobre chico estaba muy grave, ella quiso acompañarle hasta el hospital y se vió obligada a cancelar su fiesta de cumpleaños. Así que la fiesta se celebrará el sábado, 12 de octubre, en el club de campo de sus padres. Y yo pensaba: "¡SÍ, CLARO!"

¡Mackenzie es la REINA DE LA COMEDIA y una MENTIROSA PATOLÓGICA! ¿Por qué no podía decir la verdad y admitir que canceló la fiesta porque su casa había sido invadida por una plaga de bichos y apestaba a insecticida?

De todas maneras, apenas podía esperar hasta la hora del almuerzo. Chloe y Zoey estaban todavía más nerviosas que yo. Nos sentamos en la mesa de costumbre y comimos lo más rápido que pudimos.

Luego arremangué la camiseta de Zoey y empecé a dibujarle su tatuaje con mi rotulador de la suerte. Ella soltaba risitas y se movía mucho, porque decía que tenía cosquillas. Le dije:

"¡¡HAZ EL FAVOR DE CALLARTE Y SENTARTE DERECHA, PORQUE DE LO CONTRARIO TODAS LAS RAYITAS DE TINTA VAN A SALIR TORCIDAS Y EL TATUAJE VA A PARECER UNA COLECCIÓN DE SERPIENTES!!"

Y entonces dejó de moverse.

Todos los que estaban en la cafetería se nos quedaron mirando, pero yo no hice caso y seguí trabajando en el tatuaje de Zoey, que quedó de lo más guay y a ella le encantó.

LA LECTURA...

UN DEPORTE EXTREMO

Había empezado con el tatuaje de Chloe, cuando ocurrió algo muy extraño.

Jason Feldman se levantó de la mesa de los GPS y se sentó en NUESTRA mesa para mirar. Es EL chico más popular de todo el colegio y preside el consejo estudiantil.

En la escala de los tíos guaperas del colegio yo le pondría un 9,93 sobre 10.

"¿Estás haciendo un tatuaje con un rotulador? ¡Cómo mola! ¡Si parece de verdad! Lo sé porque mi hermano acaba de hacerse un tatuaje al cumplir 18 años".

"Es nuestro proyecto especial de los AVBs para la Semana de la Biblioteca Nacional", explicó Chloe con una caída de párpados de lo más coquetón.

"¡Sí! ¡Y todas las revistas de moda no hacen más que decir que los tatuajes son EL NO VA MÁS!", añadió Zoey poniendo una voz nasal como la de Paris Hilton.

Las dos estaban actuando como un par de estúpidas y resultaba vomitivo. De hecho creí que iba a echar las potas encima de Jason.

"¿Y qué hay que hacer para llevar uno de esos?", preguntó Jason interesadísimo. ¿Hay que donar un libro o algo así? ¿Dónde hay que apuntarse?"

Fue como si una bombillita se hubiera encendido sobre las

cabezas de Zoey y Chloe. Pude ver cómo sus caras se iluminaron al mismo tiempo.

Suspiré y miré hacia el techo. Primero fue la ocurrencia del tatuaje, luego el Ballet de los Zombis y después la idea de escaparse para vivir en los túneles subterráneos de la biblioteca pública de Nueva York.

No sabía cuánto tiempo más iba a poder aguantar con esta historia.

Chloe volvió a parpadear coquetamente y le dijo a Jason:

"Bueno, Nikki es la directora artística, yo superviso la obtención de libros y Zoey se encarga de gestionar la planificación. Zoey, por favor, ¿podrías darle a Jason el formulario de inscripción?"

"Eh... ¿Qué formulario de inscripción?", preguntó Zoey confusa.

Chloe le guiñó un ojo y dijo en voz bien alta:
"Ya sabes. ¡La hoja de inscripción en nuestro CUADERNO, boba!"

Al fin Zoey cayó en la cuenta. "¡Ah, sí! ¡LA hoja de inscripción! ¡Pues claro!" Miró a Jason y sonrió tontamente.

Zoey sacó su cuaderno, arrancó una hoja, escribió LISTA DE TATUAJES en el encabezado y se la pasó a Chloe.

Chloe garabateó debajo en mayúsculas SE REQUIERE DONAR UN LIBRO (NUEVO O USADO) y le dio la hoja a Jason.

Me quedé alucinada y horrorizada por la capacidad de Chloe y Zoey para soltar trolas de esa manera. Siempre he creído que la honradez debe ser una cualidad muy importante en los amigos.

Jason echó una firma en la hoja de inscripción y luego gritó en dirección a la mesa donde él almorzaba, al otro lado de la cafetería. "¡Eh, Crenshaw! ¡Ven con Thompson a ver esto!"

Ryan Crenshaw era sin discusión un 9,86 y Matt Thompson un 9,98. Llegaron los dos y se sentaron en NUESTRA mesa junto a Jason. Entonces los tres comenzaron a reír y a hablar conmigo y con Chloe y Zoey como si fuéramos del grupo GPS o algo así.

Fue en ese momento cuando decidí que, aunque la honradez era una buena cosa en una amiga, el que tuviera capacidad para enrollarse con tíos macizos era bastante más interesante.

Y por otra parte, no es que Chloe y Zoey estuvieran mintiendo. Tan sólo adornaban algunas verdades inventadas.

Aunque estaba disfrutando de aquel interés inesperado, algo que me roía las tripas por dentro sin parar me tenía bastante preocupada.

¿POR QUÉ a los tres chicos más famosos del grupo GPS de pronto les daba por sentarse en nuestra mesa y coquetear con Chloe, Zoey y yo, que somos las más PEDORRAS del colegio?

¿Y QUÉ querían exactamente de nosotras?

Y entonces me obligué a mí misma a considerar la cuestión más PROBLEMÁTICA y FASCINANTE de todas...

¿Podía mi rotulador de la suerte fundirse con tanto CHICO GUAPERAS del GPS?

He aquí los tres motivos por los que me preocupaba lo que pudiera pasarle a mi rotulador...

JASON (el pijo)   RYAN (el atleta)   MATT (el chico malo)

En cosa de minutos, otros siete chicos más se habían acoplado en nuestra mesa y se estaban pasando la hoja de firmas y fanfarroneaban sobre lo perverso que iba a ser su tatuaje.

Por fin terminé el tatuaje de Chloe y ella dijo que
era perfecto.

Jason se subió la manga y ocupó el sitio de Chloe.

"¡Escuchad, tíos! El mío va a poner 'HÉROE DE LA
GUITARRA' "

Y todos los chicos empezaron a darle palmaditas en la
espalda y a chocar los cinco con él y darle puñetazos
cariñosos. Se comportaba de un modo muy petulante, como
si fuera a comprarse un nuevo coche deportivo o algo así.

Entonces un montón de chicas se arremolinaron alrededor
del montón de chicos para verme trabajar en el tatuaje
de Jason.

"¿No es esa la chica nueva?"

"Me parece que su taquilla está al lado de la de Mackenzie".

"Es la que dibuja mejor de todo el colegio".

"¡Eh! ¡Que quiero apuntarme! ¡Pasame la hoja de inscripción!"

"¿Cómo se llama?"

"Me parece que Mikki, o Rikki, o Vicki".

"Se llame como se llame, esa tía es un FENÓMENO".

"¡QUÉ envidia! ¡Yo no sé dibujar ni un palote!"

"Está en clase de francés conmigo. ¡Se llama Nikki Maxwell!"

"¡ME ENCANTARÍA pintarle el brazo a Jason Feldman. ¡Está tan BUENORRO!"

"¡Cielos! Daría CUALQUIER COSA por ser Nikki Maxwell!"

¡Estaba empezando a sentirme como una ESTRELLA DEL POP!

Las únicas GPS que no habían acudido a nuestra mesa eran Mackenzie y su grupito. NOS MIRABAN desde el otro lado de la cafetería.

Al terminar el tiempo del almuerzo, yo había hecho siete tatuajes, Chloe había conseguido nueve libros y Zoey había programado otros once tatuajes para el almuerzo de mañana.

Decidimos denominar nuestro proyecto "Programa de Intercambio de Tinta: ¡Un libro por un tatuaje!"

En menos que canta un gallo, el cotilleo corrió por TODO el colegio.

Mrs. Peach consideró que recoger libros con fines benéficos era una idea formidable y se la veía de veras orgullosa de nosotras. Incluso Brandon vino a felicitarme y me dijo que el viernes quería hacerme una entrevista para el periódico del colegio, puesto que ahora yo era una "noticia de última hora". Dijo que iba a hacer fotos de algunos estudiantes mostrando sus tatuajes para ilustrar el artículo.

¡Estoy impaciente porque llegue el viernes ☺! Hay posibilidades de que nos hagamos buenos amigos.

Pero lo más alucinante de todo es que Chloe, Zoey y yo empezamos el día siendo unas AVB PEDORRAS y lo acabamos como estrellas GPS.

¿A QUE MOLA? ☺!!

	Hoy	Total
TATUAJES	17	24
LIBROS	34	43

¡Sí que está pegando fuerte esta locura de los tatuajes en el WCD! Hice otros once durante el almuerzo de hoy y la mayor parte de los GPS se sentaron en nuestra mesa para mirar. Era estupendo estar con ellos de charleta y, contra lo que habíamos pensado, no eran pijos ni mezquinos. Supongo que tan sólo era cosa de conocerlos mejor.

Increíblemente, pude acabar otros seis tatuajes durante mi tiempo de servicio como AVB. Era como si a todo el mundo le hubiese dado por pedir libros prestados durante la quinta hora para fastidiarme.

Pero Mrs. Peach dijo que no le importaba que yo no colocara libros en las estanterías, puesto que estaba trabajando en el proyecto de nuestro grupo.

Hasta ahora, hemos conseguido un total de cuarenta y tres libros para fines benéficos, lo cual es formidable.

Pero se debe sobre todo a que Chloe ha decidido exigir la donación de dos libros por cada tatuaje, en lugar de sólo uno. Zoey y yo pensamos que con un libro ya era suficiente, y así se lo dijimos.

Pero Chloe dijo que ella era la directora de obtención de libros, la decisión era asunto suyo y no nuestro, así que nuestra opinión no contaba. ¿No es eso una GROSERÍA?

Yo dije: "¡Ya te vale, Chloe! ¡Se supone que estamos trabajando en equipo! ¿Ahora resulta que eres la reina?"

CHLOE LA GRANDE, REINA DE LOS LIBROS →

Claro que sólo lo dije en el interior de mi cabeza y nadie más que yo pudo oírlo. Así que ahora pedimos dos libros por cada tatuaje, aunque si queréis saber mi opinión, a mí me parece un poco casposo. ☹!

	Hoy	Total
TATUAJES	19	43
LIBROS	57	100

Solía soñar con que todo el mundo en WCD me conociera por mi nombre. Y hoy, incluso antes de la primera hora de clase, ya me habían saludado más de doce personas. Me hace feliz tener tantos amigos nuevos. ☺

En Biología, teníamos que elegir un compañero y observar por el microscopio los ácaros del polvo. Di por supuesto que Brandon me iba a pedir que trabajáramos juntos. Pero tres personas lo interrumpieron cuando él intentaba dirigirse a mí.

Todos decían: "¡Eh, Nikki! Vamos a trabajar juntos y así hablamos de mi tatuaje". Pero yo no quería hablar de tatuajes con gente a la que apenas conocía. Lo que yo quería era tener una charla verdaderamente profunda con Brandon acerca de los ácaros del polvo.

Finalmente, quedé emparejada con Alexis Hamilton, la

capitana del equipo de animadoras. Durante todo el tiempo que estuvimos trabajando no paró de parlotear sobre el hecho de que ellas (las animadoras) necesitaban un tatuaje superguay para el gran partido con el Central, que por cierto se celebraba el viernes.

Pero yo ya lo sabía, porque las había escuchado hablar de eso cuando se presentaron junto a mi taquilla esta mañana.

¡VAYA! ¿DÓNDE SE HABRÁ METIDO?

Algunas de ellas me estuvieron esperando después de la segunda hora y parecían bastante enfadadas. No es que tuviera miedo de ellas ni nada por el estilo, tan sólo me escondí dentro de mi taquilla porque a veces soy un poco tímida.

YO, PERSEGUIDA POR UN GRUPO DE ANIMADORAS IRRITADAS

En cualquier caso le dije a Alexis que todo el mundo tenía que apuntarse primero en la lista de Zoey. Pero ella dijo que Zoey tenía una lista de espera de 149 personas de aquí al miércoles que viene y que necesitaba los tatuajes para ya mismo, porque era urgente. Alexis añadió que ya habían entregado a Chloe tres libros por cada tatuaje y que Chloe había aprobado que todo el equipo de animadoras pasara al primer lugar de la lista.

¿¡Así que AHORA eran TRES libros!?

Le dije a Alexis que, como Zoey era la directora de planificación y Chloe la directora de obtención de libros, seguramente no fuera a hacer caso de Chloe. Entonces ella se hizo la ofendida y no volvió a dirigirme la palabra y se negó a ayudarme a escribir nuestro informe de laboratorio sobre los ácaros del polvo. ¡Vaya compañera más estúpida!

Pero lo que más me molestó fue que Zoey había programado 149 tatuajes sin consultarme primero. Tengo un examen de Francés el viernes y otro de Geometría el próximo lunes, y apenas llevo una media de 6 en cada una de las dos asignaturas.

¿Cuándo se supone que voy a estudiar si TODAS las noches voy a tener que tirarme hasta más tarde de medianoche diseñando tatuajes para toda esta gente? ¡Y los dos últimos días ni siquiera he tenido tiempo para almorzar!

Luego, al salir de clase, Samantha Gates me paró para decirme lo mucho que le gustaba su tatuaje de Justin Timberlake. Dijo que todos sus amigos del club de teatro querían uno también. Me invitó a ir con ellos el viernes después de clase, y le contesté que ya le diría algo. Pero ¿cómo voy a poder tener vida social, si tengo que estar dibujando tatuajes 24 horas al día, 7 días a la semana? ¡☹!

	Hoy	Total
TATUAJES	33	76
LIBROS	99	199

¡Hoy he pasado un día verdaderamente ASQUEROSO! Da la impresión de que a Chloe, a Zoey y a todo el mundo lo único que les importa son los TATUAJES.

Llegué temprano al colegio y pude hacer nueve. Luego hice catorce a la hora del almuerzo y otros diez durante mi tiempo en la biblioteca. ¡Eso suma treinta y tres tatuajes!

Más tarde escuché a Zoey decirle a Chloe a mis espaldas que yo trabajaba "más lenta que un caracol constipado en una tormenta de hielo", y que tenía que espabilar porque ya había 216 personas en la lista de espera para la semana que viene. ¡NO iba hacer 216 tatuajes en una semana! Y se lo dije a Zoey a la cara, en tono totalmente amistoso.

Entonces Chloe quiso saber por qué le había dicho a Alexis que no le hiciera caso. Dijo que como las animadoras tenían un partido importante debían pasar al primer lugar de la lista de mañana. Entonces fue cuando Zoey dijo que, como directora de programación, esa decisión sólo le correspondía a ella y que le traía sin cuidado lo que opinara Chloe. Esto es, EXACTAMENTE, lo mismo que Chloe nos había dicho hace pocos días.

Entonces llegó Mrs. Peach y nos pidió que POR FAVOR bajáramos la voz ya que, después de todo, nos encontrábamos en una biblioteca.
Pero yo sabía mejor dónde estábamos. Aquello NO ERA una biblioteca.

¡ERA UN MALDITO TENDERETE PARA EXPLOTARME HACIENDO TATUAJES!! ☹

YO
(sintiéndome como una esclava) →

VIERNES, 4 DE OCTUBRE

TATUAJES HOY - ¡CERO PELOTERO!

LIBROS HOY - ¡CERO PELOTERO!

¿QUE POR QUÉ?

Pues, para empezar, Chloe y Zoey estaban enfadadas porque yo no había llegado al colegio temprano y ellas tenían a 17 personas esperando para que les hiciera sus tatuajes.

¡Ay, cóooooooooomo lo siento! Pero es que hoy tenía un examen de Francés y tenía que estudiar.

Luego, durante el almuerzo, había otros veinticinco esperando para dibujarles sus tatuajes. Pero en lugar de quedarse en la mesa 9 y ayudarme, Chloe y Zoey fueron a sentarse en la mesa de los GPS, al otro lado de la cafetería.

Podía verlas riendo tontamente, en plan de ligoteo con Jason, Ryan y Matt, ¡mientras a mí me tocaba mover el culo trabajando, como si fuera CENICIENTA o alguien por el estilo!

¡Pero ya fue el ALUCINE total cuando vi que Mackenzie les daba a Chloe y Zoey INVITACIONES para la fiesta de su cumpleaños, pospuesta para el próximo sábado!

Eran sobres de color rosa con un gran lazo blanco de seda, exactamente igual que el que ella me había entregado a MÍ.

¡Y luego lo había recuperado al DESINVITARME!

Chloe y Zoey parecían sentirse muy felices y le hacían la pelota a Mackenzie, incluso sabiendo que me ODIA a muerte.

POR TANTO, tomé la decisión más madura y racional posible en aquellas circunstancias...

¡ABANDONO ☹!

¡¡Si tengo que dibujar un solo tatuaje más, creo que voy a

VOMITAR!!

Yo creía que Chloe y Zoey eran verdaderas amigas mías.

Pero ya veo que tan sólo me estaban UTILIZANDO para conseguir ir a la Semana de la Biblioteca Nacional.

¿CÓMO HAN PODIDO HACERME ESTO?

Luego Brandon se acercó sonriente a mi taquilla y dijo que después de las clases quería entrevistarme para el periódico. Pero le dije que lo olvidara, porque mi carrera con los tatuajes se había TERMINADO. Me preguntó si me encontraba bien y dije: "¡Sí, por supuesto! Todo va bien. ¡Tan sólo necesito hacer nuevos amigos! Él parpadeó y parecía algo confuso. Entonces se encogió de hombros y se marchó.

Ahora es como si CHLOE, ZOEY y BRANDON hubieran DESAPARECIDO todos.

Espero que los tres se divirtieran mucho en la fiestecita de Mackenzie, a la que todos ellos estaban invitados y ¡¡YO NO!!

Pero no es que tuviera envidia de ellos ni nada por el estilo. ¿Hasta qué punto se podría considerar ESO propio de jóvenes?

SÁBADO, 5 DE OCTUBRE

¡He tenido una pesadilla horrible esta noche! Parecía salida de una dimensión desconocida.

Mackenzie soltaba por la boca una lluvia de insectos sobre mí y lo único que se escuchaba era el timbre de aviso de la quinta hora sonando y sonando sin parar.

¡¡ERA COMO SI TODO EL MUNDO SE DEDICARA A PERSEGUIRME!

Gracias a Dios al fin me desperté. Fue entonces

cuando me di cuenta de que era por la mañana y
estaba sonando el teléfono, no el timbre de la quinta
hora. Conseguí arrastrarme fuera de la cama y
contesté al teléfono desde mi mesa. Era la abuela,
que llamaba para avisarnos de que a fin de mes
pensaba venir a pasar con nosotros quince días. Le
dije que mis padres debían de haber salido a hacer
algún recado o algo así, porque no habían cogido el
teléfono.

Entonces me preguntó qué tal me iba, y le dije que
no demasiado bien. Le dije que estaba pensando
cambiarme de colegio y le pregunté qué haría ella en
mi caso. Ella dijo que NO se trataba del colegio que
yo escogiera como de escoger entre ser una gallina o
una campeona.

Cosa que, por supuesto, no tenía NADA QUE VER.
Visto que a la abuela se le había ido la olla de nuevo, le
dije que la quería mucho pero que tenía que marcharme
porque estaban llamando a la puerta. Y colgué.

Y no estaba mintiendo, porque para mi desgracia
Brianna y Miss Penelope estaban en la puerta de

mi habitación. Miss Penelope quería que la escuchara hacer un popurrí de canciones de High School Musical 3 al estilo de Amy Winehouse.

Hacía menos de tres minutos que me había despertado y ya había tenido que vérmelas con la pirada de mi abuela, mi hermana hiperactiva y un absurdo títere. Regresé a la cama, me escondí debajo de las mantas y estuve GRITANDO durante dos minutos enteros.

¡Tantos PAYASOS y ningún CIRCO!

¡SEÑOR, SEÑOR, SEÑOR, haz que esto no me esté ocurriendo en realidad! ¡Hoy ha sido el peor día de TODA mi vida!

Todo empezó el domingo por la noche, cuando estaba sentada en mi mesa, revisando diferentes problemas para el examen de Geometría.

Hacia la medianoche, mi madre vino a mi habitación para decirme que iba a salir de casa muy temprano, para llevar a la clase de Brianna a una excursión por el campo.

"Nikki, como mañana tienes un examen y también el certamen artístico, es MUY importante que pongas el despertador y no te quedes dormida".

Yo le dije: "Gracias, mamá. Buenas noches".

De veras que tenía el propósito de poner el despertador. En cuanto terminara con los problemas de Geometría.

Pero lo siguiente que recuerdo es que era por la

mañana y TODAVÍA estaba en la mesa con el libro de Geometría abierto.

¡Casi me dio un ataque al corazón cuando vi que mi reloj marcaba las 7:36 a.m. del LUNES y mi primera clase empezaba a las 8:00 a.m.!

La única explicación posible es que anoche me quedé frita mientras estaba estudiando.

YO, QUEDÁNDOME FRITA

ZZZZZZZ

(Y PRINGANDO DE BABAS EL LIBRO DE GEOMETRÍA)

¡Había comenzado el día con muy mal pie!

Me había dormido, no tenía medio de transporte para ir al colegio, tenía que presentar mi acuarela en el certamen y el examen de Geometría iba a empezar en menos de veinticuatro, no, veintitrés minutos.

Incluso el tiempo hacía juego con la situación. Estaba muy oscuro y nublado, y estaba lloviendo.

Intentaba contener las lágrimas cuando de pronto oí el estrépito de la puerta del garaje abriéndose. Corrí a la ventana de mi habitación y vi el reflejo de las luces de unos faros.

¡ERA MI PADRE ☺! Iba a salir de casa.

Corrí de un lado a otro de mi habitación presa del pánico, intentando vestirme antes de que se marchara. Salté dentro de mis vaqueros y me puse la chaqueta a toda pastilla. Como no encontraba uno de los zapatos, decidí ponerme las zapatillas de gimnasia cuando llegara al colegio.

Cogí la mochila y mi cuadro y salí disparada

escaleras abajo como una posesa. Cuando llegué a la puerta de casa, la furgoneta de papá ya enfilaba la calle.

Corrí tras la furgoneta, agitando los brazos y gritando con desesperación.

"¡Papá, espera! ¡Espera! ¡Que me he dormido! ¡Necesito que me lleves al colegio!"

Apenas podía correr, cargada con la mochila y el cuadro. Y, por supuesto resultaba todavía más difícil llevando puestas mis pantuflas de conejitos.

¡Pero por desgracia mi padre NO me veía! ☹

Me quedé allí en el camino, toda empapada, sintiéndome totalmente derrotada. No me podía creer que fuera a perderme el certamen artístico, sacar un O en el examen de Geometría y que me pusieran una falta no justificada, todo el mismo día. Otra vez se me hizo un nudo en la garganta y sentí que me iba a poner a llorar.

Pero mi padre debió verme por el espejo retrovisor, porque de pronto dio un frenazo. ¡¡¡¡CRRIIIIIIIIICH!!!! Eché a correr calle abajo hacia la furgoneta tan rápido como me fue posible.

Al subir a la furgo, papá se pitorreó: "¿Necesita la Bella Durmiente que la lleven al colegio o va a quedarse esperando a su príncipe?"

No hice caso del chiste malo y me desplomé en el respaldo del asiento. Estaba empapada, pero me sentía aliviada y feliz. ¡No todo estaba perdido! Todavía...

Pero también sentía bastante ansiedad. ¡Por primera vez en lo que va de año, iba al colegio en el "cucamóvil"!

¡Si alguien me llegaba a ver saliendo de la furgoneta, es que me iba a MORIR de vergüenza!

Cuando llegamos a la entrada del colegio, había dejado de llover. Por suerte, el único vehículo visible era un gran camión con varios hombres uniformados que llevaban unos paneles altos y planos. Supuse que se trataba de los displays para el certamen artístico.

Di a papá las gracias por llevarme, cogí mi cuadro y bajé de la furgoneta. Cuando iba a cerrar la puerta, me saludó con la mano y señaló mi mochila caída en el suelo.

"¡Eh, que se te olvida algo!"

Deposité cuidadosamente el cuadro sobre el suelo, apoyándolo contra el costado de la furgoneta.

Volví a subir y recogí mi mochila. "¡Ahora sí que lo llevo todo! ¡Gracias, papá!"

Me despedí con la mano y cerré de un portazo.

No me podía creer que hubiera conseguido llegar al colegio con seis minutos de margen. Y nadie me había visto bajar de la furgoneta, lo cual ya era un milagro de por sí.

Entonces vi a una chica que llevaba una gabardina Burborry, sombrero y botas a juego, que salía de la parte trasera del camión aparcado justo delante de nosotros.

"¡Eh, tío! ¡Cuidado con eso! ¡Es una obra de arte, no un tablero de contrachapado!", le dijo en tono desagradable a uno de los hombres.

Me quedé helada y pensé en volver a meterme en la furgoneta hasta que ella se hubiese marchado. ¡Pero era demasiado tarde!

Mackenzie se quedó boquiabierta.

Al principio puso cara de sorpresa al verme a mí, la furgoneta y a Max (sí, la cucaracha). Luego sus labios dibujaron una sonrisa malévola.

"¡Ahí va! ¿TÚ ERES la misma Maxwell de Control de Plagas Maxwell? ¿Y qué es esa cosa horrorosa que hay encima de tu furgoneta? ¿El cadáver de un caballo? Déjame adivinar, ¿Se supone que hace juego con esos conejitos muertos que llevas en los pies?"

Me quedé mirándola sin decir nada.

Vale. Mackenzie era la ganadora indiscutible si se trataba de ver quién era más rica y tenía ropa de diseño más elegante, más amigos, el dormitorio más bonito y la casa más grande.

Pero NO era el caso.

El certamen era una cuestión de puro TALENTO y Mackenzie NO podía comprarlo con el dinero de sus padres.

Eran sus ilustraciones de moda intemporales contra mi acuarela...

Y de pronto me acordé de mi cuadro. Me giré y me agaché para recogerlo del suelo justo en el momento en que mi padre arrancaba la furgoneta.

¡Demasiado tarde! Tragué saliva y contemplé horrorizada cómo la furgoneta destrozaba a cámara lenta el cristal, el marco de madera antigua, mis esperanzas y mis sueños. Fue muy doloroso ver mi mejor obra, esa acuarela que me había llevado más de 130 horas, destruida de forma brutal en pocos segundos.

Pero los restos retorcidos y dispersos junto al bordillo de la acera ni de lejos quedaron tan feos como el insulto final de Mackenzie.

"¡Ahí va! ¿Eso era tu cuadrito para el certamen? ¡Ay, qué pena! Puedes ponerle algunos bichos por encima y presentarlo como una obra de arte moderno, con el título *Bichos de Maxwell en la basura*".

Rió como una bruja y se marchó contoneándose. ¡Cómo ODIABA esos andares de Mackenzie!

Observé con tristeza el "cucamóvil" mientras doblaba la esquina y desaparecía carretera abajo.

Por primera vez en mi vida deseé estar dentro, calentita y seca, alejándome de allí. Lejos de MacKenzie. Lejos de los amigos que en realidad NO eran amigos. Lejos del colegio de Wetchester Country.

No encajaba allí y estaba harta y asqueada de tanto intentarlo. Me senté en el bordillo junto a los restos de mi cuadro, y lloré. Empezó a llover otra vez, pero no me importaba.

Era como si llevara toda la vida allí sentada, intentando poner en orden mis pensamientos, cuando noté que ya no llovía. Al menos, por encima de mí.

Entonces reconocí aquel aroma sutil a suavizante de ropa *Suavecín*, desodorante *SobAxe* y regaliz rojo.

Miré hacia arriba y quedé sorprendida y un poco incómoda al ver a Brandon allí de pie, sujetando un paraguas por encima de mí.

"¿Estás... bien?"

No le contesté.

Entonces él extendió su mano. Me la quedé mirando y suspiré. Si me quedaba sentada en el bordillo de la acera durante más tiempo, probablemente acabaría muriéndome de una pulmonía. Lo cual, dicho sea de paso, tampoco me parecía tan horrible.

Me agarré a su mano y él me ayudó con suavidad a levantarme del suelo mojado.

Me parecía increíble que estuviéramos repitiendo de nuevo la misma escena estúpida. ¡Qué patético!

Hice rodar los ojos mientras sorbía con la nariz, intentando limpiármela con el dorso de la mano. No iba a permitir que me viera llorar.

Ambos permanecimos de pie sin decir nada. Él me miraba a mí, y yo miraba hacia el suelo.

De pronto, Brandon buscó en su bolsillo y sacó un pañuelo de papel arrugado.

"Esto... me parece que tienes... algo en la cara".

"¡A lo mejor son MOCOS!", dije en tono sarcástico y cogí el pañuelo de papel que me ofrecía.

"Sí, a lo mejor", dijo él intentando contener la risa. "Qué zapatos tan divertidos".

"NO son zapatos. ¡Son zapatillas de conejitos! Es que esta mañana iba muy apurada de tiempo, ¿vale?"

Irritada, me soné los mocos ruidosamente delante de él. ¡PRRRRRRRRRNNNK!

"... Parece que has tenido un ligero contratiempo con tu cuadro".

"Yo no lo llamaría 'ligero contratiempo'".

"Bueno. Por si te consuela, Mackenzie va a presentar unas modelos de cartón, de tamaño natural. A mí me parece que tu pintura sigue siendo mejor que lo suyo. Incluso así, rota en pedacitos. Y con barro por encima. Y con algunas lombrices".

Una sonrisa pícara iluminó el rostro de Brandon.

"¡Ánimo! Todo el mundo sabe que tienes más talento en la uña de un meñique que ..."

"¡Ya! ¡Ya LO SÉ...!", le interrumpí, mientras me ruborizaba sin poder evitarlo. ¡Me daba MUCHA RABIA cuando hacía ponerme colorada!

Bueno, aunque estuviera enfadada con el mundo, tengo que admitir que la situación tenía algo de gracioso. En cierto modo.

Finalmente, sonreí a Brandon y él me guiñó un ojo. ¡Era un capullazo! Pero en el buen sentido de la palabra. Tenía un sentido del humor un tanto extraño y era amistoso y un poco tímido, TODO al mismo tiempo. A diferencia de mí, a él no le preocupaba lo que los demás pensarán de él. Creo que ESO es posiblemente lo mejor que tiene.

"¡Gracias por el paraguas!"

"Pues ya ves, qué tontería".

Entonces nos dirigimos los dos a la entrada principal del colegio.

Aunque el edificio estaba caldeado, yo iba tiesa de frío.

Mis zapatillas estaban empapadas y me daba la impresión de que mis pies andaban sobre esponjas sumergidas en agua helada.

"Tengo que coger unos zapatos de la taquilla y luego tengo que ir a la Secretaría para llamar a mi padre. A lo mejor me puede traer algo de ropa seca".

"Bueno... Te acompaño hasta la Secretaría, si no te importa. Me pilla de camino a mi clase".

Mientras Brandon y yo íbamos por el pasillo, algunos alumnos se paraban y se nos quedaba mirando, mientras que otros nos señalaban y se reían. Pero no les hice caso.

Sabía que tenía aspecto de loca. Al caminar, las zapatillas de conejitos sonaban a mojado, chuik-chuik, chuik-chuik, e iban dejando charquitos de agua detrás de mí.

Cuando al fin llegué a mi taquilla, había por allí un montón de gente. Al principio creí que querían que les hiciera un tatuaje, pero se dispersaron rápidamente.

Entonces vi lo que estaban mirando.

la

cuquis

Me quedé sin aliento, como si alguien me hubiera pegado un puñetazo fuerte en el estómago. Me tapé la boca con la mano y traté de parpadear para contener las lágrimas, quizá por décima vez aquella mañana.

Alguien había escrito en mi taquilla con lo que parecía un

lápiz de brillo de labios de *Canela Enrollada al Rojo Vivo Deslumbrante.*

Que, por cierto, es el favorito de Mackenzie.

"¡Lo si—siento de veras!", tartamudeó Brandon. "Sólo un verdadero fracasado haría algo tan mezquino y estúpido como..."

Pero no escuché el resto de lo estaba diciendo.

Me di la vuelta, me abrí camino a través del pasillo superpoblado de gente, y fui directamente a la Secretaría para llamar a mis padres desde allí.

¡No aguantaba más!

Decidí marcharme del Colegio de Wetchester Country.

¡Y no volver NUNCA!

Hoy me quedé en casa sin poder ir al colegio por culpa de un resfriado y tuve que estar en la cama todo el día y beber té con limón.

Como de costumbre pusieron el programa de Tyra Banks, pero por alguna razón no me animó en absoluto.

Ayer, después de que mi padre pasara a recogerme en el colegio, empecé a pensar que puede que estuviera sobreactuando.

Había sido bastante traumático ver mi cuadro triturado en millones de pedacitos, pero sobre todo era Mackenzie quien me estaba amargando la vida. Quizá el WCD no fuera un sitio tan horroroso. Quizá si intentase hablar con Chloe y Zoey podríamos volver a ser amigas. Quizá Brandon no me hubiera descartado por ser una fracasada total.

Así que el lunes por la tarde llamé a la oficina de la biblioteca durante la quinta hora, para hablar con Chloe y Zoey.

Además sentía un poco de curiosidad por saber cómo había quedado el trabajo que Mackenzie presentó al certamen. Bueno, lo admito, ¡me ESTABA MURIENDO de ganas de saberlo! Mis manos temblaban mientras marcaba el número.

"Oficina de la biblioteca. Le habla Zoey".

"Hola, Zoey. Soy yo, Nikki. Sólo llamaba para saber qué tal os va. No te PUEDES imaginar lo que me ha pasado esta mañana".

Entonces pude oír la voz amortiguada de Chloe en segundo plano.

"¡Cielos! ¿Es ella? Dile que no puedes hablar ahora porque estamos muy ocupadas. Que no podemos perder tiempo".

"Mmm... ¿Qué tal, Nikki? Brandon nos ha contado todo lo ocurrido. Está aquí ahora. Qué pena lo de tu cuadro...", balbuceó Zoey toda nerviosa.

"Sí, es verdad. ¿Y qué estáis haciendo los tre..."
"Perdona, Nikki, pero tengo que colgar. Estamos muy

liados con... un proyecto. Saludos de parte de Chloe y Brandon".

"¡Espera, Zoey! ¡Sólo quería saber..."

"Lo siento, te dejo. Hasta mañana. Adiós".

¡CLIC!

Después de aquella conversación, ya no cabía duda de que Chloe, Zoey y Brandon me habían mandado a paseo. Así que ya no quedaba nada que hacer, excepto hacer planes para cambiarme de colegio.

Y cogí una buena llorera.

Que es lo mismo que he estado haciendo de manera intermitente durante las últimas veinticuatro horas.

Lo único positivo de todo esto es que mis padres están tan preocupados por mi estado emocional que finalmente han accedido a que me cambie a un colegio público cercano.

Di a papá las gracias por conseguirme la beca y todo eso, pero por desgracia no ha servido para nada.

Para mi sorpresa, papá y mamá no se tomaron mal la noticia de la destrucción del cuadro que les regalé por su aniversario.

Incluso les prometí que pintaría uno nuevo, aunque Brianna insistió en que lo quería hacer ella en mi lugar.

"¡Papá, mamá! ¡No os preocupéis! Ya casi he terminado de pintar el nuevo regalo ¡Y es mucho más bonito que el viejo cuadro tonto de Nikki!

La obra de arte de Brianna me tenía mosqueada. Cuando le pregunté si lo había pintado con los dedos o con lapiceros, me contestó: ¡Qué va! He usado un rotulador negro de tinta permanente. ¡Y lo he dibujado encima del sofá, exactamente en el mismo sitio donde estaba colgado tu cuadro!

Brianna dijo que su dibujo se titulaba...

LA FAMILIA MAXWELL VISITA A LA PRINCESA SUGAR BLUM EN LA ISLA DEL PEQUEÑO UNICORNIO

Cuando mamá vió la pintura mural de Brianna, casi se desmaya. Entonces Brianna intentó salir del apuro echándole la culpa a Miss Penelope.

De alguna manera, fue agradable poder reírme de nuevo después de haber estado tan deprimida y desesperada.

Mis padres y yo fuimos al colegio cuarenta y cinco minutos más temprano, para que pudiéramos ocuparnos de todo antes de que comenzaran a llegar los estudiantes.

Cuando mamá y papá se sentaron en las oficinas con la secretaria para cumplimentar los papeles de mi traslado de colegio, no pude evitar ver los paneles de colores vivos del certamen artístico en la entrada principal.

No importa cuánto intenté convencerme a mí misma de que me traía sin cuidado. TENÍA que saber si Mackenzie había ganado. Tenía una especie de obsesión.

Si me daba prisa, podía detenerme en la exposición durante unos minutos y todavía me quedaría tiempo para vaciar mi taquilla, regresar a la oficina y salir del edificio antes de que nadie me pudiera ver.

"Bueno, será mejor que me vaya", farfullé dirigiéndome a mis padres. Cogí la caja de cartón vacía que había traído para llevarme las cosas de mi taquilla y me encaminé hacia el vestíbulo.

La exposición estaba instalada en el gran salón de actos, que se encontraba cerca de la cafetería y estaba distribuida por cursos. Rebasé apresuradamente los paneles de sexto y séptimo, dirigiéndome hacia la sección de octavo. Había veinticuatro obras expuestas y localicé inmediatamente la de Mackenzie.

Como todo lo que hacía, era grande, pretencioso y sobresaliente. Había pintado siete maniquís de tamaño natural, vestidas con sus diseños de moda intemporales sobre paneles de dos metros de altura.

Tengo que reconocer que era una buena diseñadora de modas.

Curiosamente, no tenía puesta la cinta del primer premio.

Claro que conociendo a Mackenzie, lo más probable era que se la hubiera llevado a casa para que sus padres pudieran darle un baño de bronce, a juego con sus zapatitos de cuando era un bebé.

O puede que NO.

Me quedé sorprendida al ver que el lazo azul colgaba junto a la obra del fondo.

No pude evitar compadecer al pobre artista que tuviera que soportar la tragedia de la derrota y la humillación de Mackenzie en público.

El panel ganador consistía en una serie de dieciséis ampliaciones fotográficas de 8 x 10 en blanco y negro, con dibujos en tinta.

CUERPO DE ESTUDIANTE
POR NIKKI MAXWELL

Al leer el título y el nombre del artista,

CASI ME DA UN ATAQUE.

Casi inmediatamente reconocí los tatuajes que había hecho en la espalda de Zoey, el brazo de Chloe, el cuello de Tyler, el tobillo de Sophia, la muñeca de Matt, etc. etc.

Así que éste debía ser el "proyecto" en el que estaban trabajando Chloe, Zoey y Brandon el lunes por la tarde, cuando me dijeron que estaban demasiado ocupados para hablar conmigo por teléfono.

Poco a poco, la realidad de la situación empezó a abrirse camino dentro de mí.

Pensé: "¡Cielos! ¡HE GANADO el primer premio en el CERTAMEN DE ARTE DE VANGUARDIA! ¡EL PRIMER PREMIO y quinientos dólares!"

¡Gracias a Chloe, Zoey y Brandon! Seguramente concibieron todo este elaborado esquema después de que mi pintura quedara destrozada. Y probablemente les llevó horas montar este fantástico panel que lleva MI firma.

Qué equivocada estaba con ellos. Son los MEJORES amigos que he tenido nunca. Y más de una docena de

chicos y chicas se habían dejado fotografiar. Todo esto
ME DEJÓ ALUCINANDO.

Puede que después de todo, ese colegio no sea un sitio tan horroroso. Había hecho verdaderos amigos aquí. ¡Y, por supuesto, no me molestaba estar forrada, forradísima, más forradísima de lo que hubiera podido soñar!

Todavía anonadada, volví a la oficina e irrumpí en su interior.

"¡Mamá, papá! He cambiado de idea. ¡Quiero quedarme!"

Los dos parecieron sorprendidos.

"Cariño, ¿te encuentras bien?"

"¡En este momento, mamá, me siento FENOMENAL! He cambiado de idea. Me quiero quedar. ¡POR FAVOR!"

"Bueno, es tu decisión. ¿Estás segura?", dijo mi padre, guardando su bolígrafo.

"¡Sí! ¡Estoy TOTALMENTE segura!"

La secretaria juntó los papeles que había firmado mi padre, los rompió por la mitad y los tiró a la papelera.

"¡Qué buena noticia!", dijo. "¡Y muchas felicidades por tu primer premio en el certamen artístico! Asistirás el sábado a la recepción de la entrega de premios, ¿verdad? Se entregarán los premios en metálico y habrá un buffet estupendo".

Mis padres me miraron totalmente confusos. "Creí que habías dicho que no...", empezó a decir mi madre, pero la interrumpí rápidamente.

"Escucha, ya os lo explicaré todo más tarde. Por cierto, ¿no os teníais que ir a no sé dónde?", sonreí y les dije adiós con la mano, esperando que pillaran la indirecta y desaparecieran.

Mamá me dio un beso en la frente. "¡De acuerdo, corazón! Nos alegramos de que hayas decidido seguir aquí".

"¡Y ya puedes agradecerle a Control de Plagas

Maxwell el haberte matriculado!", dijo mi padre y me guiñó un ojo. "Sabía que encajarías si lo intentabas".

"Bueno, me tengo que ir. ¡Por cierto, papá!" Le di la caja de cartón. "¿Podrías hacerme el favor de deshacerte de esto?"

Entonces me di la vuelta y salí disparada de la oficina.

Los pasillos empezaban a llenarse de estudiantes y algunos de ellos me felicitaron. Según me acercaba a mi taquilla, no estaba muy segura de lo que me iba a encontrar, pero estaba preparada y deseando afrontarlo.

La pintada ya no estaba. Pero había otra cosa.

Nikki,

Por favor, reúnete con nosotras en el almacenillo del conserje en cuanto te sea posible. ¡Es muy, muy importante!

Chloe y Zoey

Llamé a la puerta del almacenillo del conserje y asomé la cabeza al interior.

Chloe y Zoey estaban sentadas en el suelo en un rincón y parecían muy tristes. Sentí lástima por ellas.

"Te debemos una disculpa por la manera en que nos portamos contigo", dijo Chloe. "La verdad es que perdimos la cabeza con eso de los tatuajes y los libros. Y no estuvo bien".

"¡Sí! Y hemos aprendido a distinguir a los verdaderos amigos. Los GPS se enrollaban con nosotras para que les hicieras los tatuajes. ¡Qué pandilla de hipócritas!", añadió Zoey.

"Ya me lo imaginaba yo. ¡Aquel grupo de animadoras irritadas es que daba miedo!", dije estremeciéndome al recordarlo.

"Escucha. ¡Por favor, Nikki, no te enfades!", dijo Chloe mientras intentaba contener una lágrima. "Tenemos que confesarte una cosa..."

Zoey se aclaró la garganta.

"Verás. Cuando supimos lo que le había pasado a tu cuadro, fuimos a buscar a los que les habías hecho los mejores tatuajes y Brandon les hizo fotos durante la hora del almuerzo. Luego sacó copias de las fotos con la impresora de la Redacción del periódico. Mrs. Peach nos permitió a los tres que trabajáramos toda la tarde en la biblioteca. Titulamos el resultado *Cuerpo de estudiante*".

"Y no te puedes imaginar lo que ha pasado", dijo Chloe sorbiendo con la nariz y a punto de llorar de nuevo.

"¡Que gané!"

"¡¡GANASTE!!", dijeron al mismo tiempo.

"¡Cómo! ¿Lo sabías?", preguntó sorprendida Zoey.

"Sí. Acabo de enterarme".

"Sabes que no lo habríamos hecho sin consultarte primero. Pero no había tiempo. No estás enfadada con nosotras, ¿verdad?", preguntó Chloe haciendo un gesto con las manos como para quitar hierro al asunto.

"Sí que lo estoy. ¡Estoy MUY ENFADADA!", dije con un tono terrorífico. Chloe y Zoey agacharon la cabeza y miraron al suelo.

"Lo sentimos. Sólo tratábamos de ayudar...", balbuceó Zoey.

"Se supone que sois mis amigas. ¿Cómo habéis podido hacerme esto? ¡Estoy INDIGNADÍSIMA! ¡Hubiera dado CUALQUIER cosa por ver la cara de Mackenzie cuando supo QUE NO HABÍA GANADO!"

"¡Cielos, Nikki! ¡Tenías que haberla visto!", dijo Chloe gritando. "¡Cuando dijeron que tú eras la ganadora, se quedó en estado de shock!"

"¡Fue divertido! A Mackenzie en entró una pataleta allí mismo, delante del jurado!", dijo Zoey riendo por lo bajo.

Al poco, estábamos riendo y haciendo chistes dentro del almacenillo del conserje, como en los viejos tiempos.

"Me parece que he oído el timbre de la primera clase", dije de mala gana.

"¡Vámonos de aquí, antes de que empecemos a oler como una fregona sucia!"

Chloe y Zoey abrieron la puerta y se hicieron a un lado para dejarme pasar primero.

"¡La genialidad va antes que... la inteligencia!", dijo Zoey mientras me guiñaba un ojo.

"¡La genialidad va antes que... la belleza!", dijo Chloe sonriente haciendo un gesto divertido con las manos.

"Oye, ya sé dónde está la genialidad. ¡Pero no veo por aquí mucha inteligencia ni mucha belleza!", bromeé.

Entonces Chloe y Zoey me dieron unos puñetazos cariñosos en el brazo. "¡Ay! ¡Que eso duele!", dije riendo.

Ayer debían de estar de liquidación o algo así en el centro comercial, porque hoy cuatro chicas iban vestidas exactamente igual.

La verdad es que no me di cuenta hasta que oí a Mackenzie ridiculizarlas en el vestíbulo.

"¡Cielos! ¡Fíjate en eso! ¡Van TODAS con el mismo conjunto horroroso! Espera, déjame adivinar. ¡Los estaban regalando por comprar un menú completo en McDonald's!".

Sólo eran las 7:45 a.m. y ya me imaginaba lo mona que estaría amordazada con cinta adhesiva.

Cuando Mackenzie percibió mi presencia trató de hacerse la inocente.

"Si te estás preguntando quién hizo la pintada en tu taquilla, NO FUI YO. Mucha gente usa *Canela Enrollada al Rojo Vivo Deslumbrante*, ya lo sabes".

Me limité a mirarla de soslayo. ¡Qué tía MÁS MENTIROSA! No la creí ni por un momento.

Mackenzie movió su melena al aire girándose para contemplar su imagen impecable ante el espejo.

"Y aunque lo hubiera hecho yo, ¡no tienes pruebas!"

Entonces se puso a aplicarse su costra matutina de brillo de labios.

Dado que no tenía más remedio que sufrir a Mackenzie como vecina de taquilla durante el resto del curso, decidí tomármelo con filosofía y copiar la estrategia del espíritu-sobre-la-materia que había desarrollado Zoey.

Esto es, en mi ESPÍRITU yo estaba SOBREimpresionada con Mackenzie, porque era absolutamente in-SUSTANCIAL.

Aunque tengo que reconocer que los pendientes que llevaba puestos son una preciosidad.

¿Por qué será que los pendientes con cadenitas colgando les quedan tan FORMIDABLES a las chicas GPS? Y sin embargo, cuando los llevamos las chicas normales (como yo) acabamos necesitando cirugía estética reparadora.

CHICA POPULAR CON GRANDES PENDIENTES DE CADENITAS

CHICA IMPOPULAR CON GRANDES PENDIENTES DE CADENITAS

Durante el almuerzo, Chloe, Zoey y yo nos sentamos juntas en la mesa 9, y mucha gente se acercaba para pedir un tatuaje. El éxito de nuestro Programa de Intercambio de Tinta se plasmó en un total de casi

doscientos libros recolectados para fines benéficos, así
que decidimos continuar pero sólo tres días al mes, a
partir de noviembre. Iba a ser estupendo NO tener que
esconderme en la taquilla entre clase y clase, por miedo
a las turbas iracundas, quiero decir, debido a mi timidez.

Pero lo más sorprendente de todo es que empezó a
interesarme lo de asistir a la Semana de la Biblioteca
Nacional en la Biblioteca Pública de Nueva York. Ahora
teníamos bastantes posibilidades de ser seleccionadas.
¡Imagínate! ¡Chloe, Zoey y yo cinco días en Manhattan y
sin padres! ¿No sería EMOCIONANTE?

Íbamos a tener Amigos, Diversión, Moda y Ligues,
como dice la revista *That's So Hot* ¡Y puede que
incluso consigamos entradas para el

SHOW DE TYRA BANKS!
¡Es que ME ENCANTA esa CHICA!

También he pensado obtener beneficios del Gran
Encuentro con todos esos autores famosos. No sabía
que una novela autografiada por su autor pudiera valer
tanto. Tengo pensado coleccionar media docena de ellas

y luego venderlas en eBay y sascarme un dineral. Y entonces, ¡¡TA-CHÁAAAN!! ¡Podré comprarme el iPhone que tanta ilusión me hace! ¿No soy genial? ☺!

Por cierto, que he decidido ahorrar los 500 dólares del premio para el campamento artístico del próximo verano. Será el quinto año que vaya. Mi instructor dijo que ya tengo una carpeta de trabajos como para ir a un colegio universitario. ¡Cosa que resulta formidable, teniendo en cuenta que todavía no estoy ni en el bachillerato superior! Dijo que si continuaba trabajando así de bien, tal vez consiguiera una beca de cuatro años en alguna universidad importante. ¡DEMASIADO!

Brandon se acercó a nuestra mesa para preguntarme si me podía entrevistar como ganadora del Certamen de Arte de Vanguardia, ya que eso era una "noticia de última hora".

Le di las gracias por hacer las fotos de los tatuajes y le dije que había hecho un gran trabajo con ellas. Pero él dijo que no tenía importancia y que pensaba utilizar las fotos como ilustraciones para el artículo que iba a escribir.

Entonces llegó Mackenzie, toda zalamera, y me felicitó.

¡Me dio tanto asco que casi vomito el almuerzo sobre sus sandalias mega-fashion!

Creo que tan sólo estaba intentando ligar con Brandon, porque le hizo ojitos de una manera muy coqueta, parpadeando como si una pestaña postiza se le hubiera metido en el ojo, o algo así.

¿Cómo puede tener tanta cara de hacer eso en mi presencia? Quizá porque tiene el coeficiente intelectual de una zapatilla.

A pesar de que habíamos quedado en no hacer más tatuajes hasta el año que viene, Chloe y Zoey insistieron en que tenía que hacer UNO más...

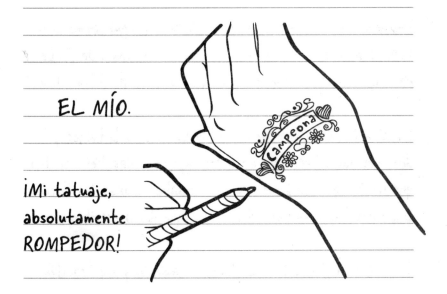

EL MÍO.

¡Mi tatuaje, absolutamente ROMPEDOR!

En fin, reconozco que me equivoqué al pensar que mi abuela está pirada. Pero tenía razón respecto a Miss Penelope, ese títere DEMENCIAL.

Cuando acabó el tiempo del almuerzo, Brandon caminaba a mi lado hacia la clase de Biología. Con los dedos se apartó el pelo de los ojos (otra vez) y me sonrió tímidamente.

"Esto... yo... me preguntaba si... ejem... te gustaría que estudiáramos juntos la 'estructura de la mitocondria'".

NO podía creer que me lo hubiera pedido. Le miré profundamente a los ojos, seria, y le contesté:

"¡¡SÍÍÍÍÍÍÍÍÍÍÍ!!"

Seguro que pensó que estoy loca.

¡Pero, oye! Cada cual es como es. ¿No?

¡Y YO SOY ASÍ DE PÁNFILA!
☺!!!